DIAS RAROS

joão anzanello carrascoza

DIAS RAROS

TORÐSILHAS

Copyright © 2022 Tordesilhas
Copyright © 2004 João Anzanello Carrascoza

Todos os direitos reservados. Nenhuma parte desta edição pode ser utilizada ou reproduzida – em qualquer meio ou forma, seja mecânico ou eletrônico –, nem apropriada ou estocada em sistema de banco de dados, sem a expressa autorização da editora.

O texto deste livro foi fixado conforme o acordo ortográfico vigente no Brasil desde 1º de janeiro de 2009.

REVISÃO Isabelle Drumm

CAPA Amanda Cestaro

PROJETO GRÁFICO Cesar Godoy

1ª edição, 2022

Dados Internacionais de Catalogação na Publicação (CIP)
(Câmara Brasileira do Livro, SP, Brasil)

Carrascoza, João Anzanello
Dias raros / João Anzanello Carrascoza. -- São Paulo, SP : Tordesilhas, 2022.

ISBN 978-65-5568-094-2

1. Contos brasileiros I. Título.

22-118842 CDD-B869.3

Índices para catálogo sistemático:
1. Contos : Literatura brasileira B869.3
Eliete Marques da Silva - Bibliotecária - CRB-8/9380

2022
A Tordesilhas Livros faz parte do Grupo Editorial Alta Books
Avenida Paulista, 1337, conjunto 11
01311-200 – São Paulo – SP
www.tordesilhaslivros.com.br
blog.tordesilhaslivros.com.br

Cidade-mundo   09

Chamada   17

Umbilical   27

Ponteiros   37

O último gol   47

Rosa do deserto   53

Tecidos   61

Balança   69

Além dos trilhos   79

Ali   91

Janelas   103

Dor futura   115

Um ano a menos   123

Dias raros   133

Para Luiz Ruffato, Marçal Aquino e Nelson de Oliveira,
amigos raros

CIDADE-MUNDO

Então era a vez, a primeira, que o menino iria à cidade de que diziam ser, só ela, o mundo inteiro. O mundo em toda a sua diversidade, e, se lá de cima, das altas voragens, a gente o contemplasse, haveria de parecer uns caminhos desenhados, como as asas de uma borboleta multicolorida. A cidade e seus destinos a se enredarem, tal qual os veios de uma folha viva. Nela moravam os tios com uma filha; o menino e a mãe iam visitá-los, e ele, quieto, antes de partir, dava uns contornos imaginários ao rosto da prima, nenhum retrato tinha dela, nem seu nome sabia – e era o de menos; demais só a ânsia de conhecer a cidade-mundo.

Saíram ainda escuro, a manhã hesitava, uns cheiros de dia novo pairavam no ar, e o menino se ria, no feliz de fazer uma viagem, coisa mínima para a maioria, ir de um aqui a um ali, costurar as margens do cá às do lá, mas para ele a raridade que raiava. O pai os levara de carro até o ponto de ônibus na estrada. E agora iam eles, mãe e filho, e entre ambos, apertada, a felicidade do menino, temendo alargar-se, balão não de todo inflado pela ameaça de explodir. Mas também ia na poltrona da frente a cisma: como caber em seu juízo lugar tão grande? Ali onde vivia, vilarejo, já umas ruas lhe pareciam sem fim e, de sua casa, erguendo a cabeça, via o verde dos canaviais se esparramando a se perder de vista, e as milhares de estrelas latejando nas noites escuras, uma imensidão que se continha em seu espanto. Mas a vida era o desconter-se, aquele ampliar-se que ele, à janela, ia provando, como a paisagem móvel e, a cada avanço do ônibus, modificada. A mãe ensinava-o a abrir o vidro, a reclinar o encosto, a erguer o braço que dividia as duas poltronas para demarcar o espaço dos passageiros, se desconhecidos; mas, como íntimos eram, convinha se aconchegarem, nada ter no meio deles, a não ser a felicidade do menino. O embalo do ônibus, as tantas coisas a ver, o azul do céu a se alternar de nuvens, os campos cultivados, os rebanhos hirtos nos pastos, umas cidadezinhas que lhe diziam "oi" e já "adeus", e ele, desabituado daquele caminho, logo a adormecer no colo dela, um tudo demais para seus braços miúdos.

Quando acordou, os dedos da mãe acariciando-lhe os cabelos, as placas já anunciavam, bem perto o mundo-cidade. Sacudiu o olhar, respirou fundo, com apetite de perguntas, mas se refreou. Saboreava um susto bom, só seu. O ônibus deslizava pela estrada atrás de uns quantos carros e caminhões e outros ônibus e motos, e lá adiante já avultavam prédios e mais prédios, no ar um aroma de descobertas, a paisagem urbana se alargando sem parar, o sol flutuante engolindo a fumaça das chaminés. E aquilo era e não era ainda a cidade, uma avenida longa-longa, quase autopista, ladeada por um rio de águas negras. E não dava tempo de o menino ver tudo, o que passava lá atrás permanecia, e vinha mais adiante, casas, prédios, torres, fábricas, galpões, viadutos, e carros, carros, carros, novos sustos, novos aumentos de alegria. E as árvores, onde estavam? E os passarinhos? E as ruas com os gatos e cachorros a perambular? E as escolas, e as igrejas? O menino rebentava de indagações. E outras vinham, não mais como antes, gotejadas, a vista ali sugava aceleradamente, ele zonzo, atolando-se em assombros. E a mãe também, mas a mãe no controle, enquanto ele, sôfrego de nada perder, porque era uma hora enorme em sua vida, e de um sobressalto ao outro, este se emendando naquele, o menino suspenso até outro menino, crescido por aquela vivência.

E quando viu de novo, porque nuns instantes ficou a ver não vendo, como quem lê a página de um livro sem se apegar às palavras – e aí se deixou no depressa-devagar da imaginação –, quando viu, estavam num pátio comprido onde os ônibus barulhavam, nervosos, uns a chegar, outros a partir, e as gentes a arrastarem suas malas e seus medos, as vozes da vida se emaranhando, o zum-zum-zum da euforia. A mãe o pegou pela mão, como se a protegê-lo, pássaro débil para o voo. Entraram num táxi, rumaram para a casa dos parentes. E de novo os bons sustos, umas avenidas vivas de veículos e veículos, uns edifícios que sugavam a atenção, iguais e iguais para os habitantes da cidade, mas não para o menino, fascinado com aquela monotonia que o mimava, se entregando ao desejo de mirar, admirar, demorar-se entre dúvida e entendimento. O menino queria ver o além das coisas, o por trás de sua existência concreta, não apenas garimpá-las no amontoado do que eram, mas compreender o seu mecanismo. Vieram ruas menores, fluindo para outras, e os semáforos no verde luzacendendo-se, luzapagando-se no vermelho, os postes entrançados de fios, a multidão no pra lá pra cá das calçadas, uma grandeza dessas, excessiva, e o menino, no transbordamento de si, vendo aquele vário que se renovava. Até que, de súbito, desaguaram numa rua estreita, alagada de calma – quase nem parecia a cidade-mundo, na certa um dedo seu, não o coração de há pouco –, e nela o casario modesto, a lembrar a cidade-aldeia do menino.

Pararam à frente de um sobrado, e a luz do sol desnublou a sua visão, grudada ainda nas realidades que havia visto, e agora ele espiava a porta que se abria – eis os tios no afã dos gestos hospitaleiros, uma algazarra incontida, e a paz depois do mundo de cidade que o trouxera até ali. Sorriram-se todos, saudaram-se, umas palavras correram alvissareiras de lábios a lábios, de um peito a outro saltavam aleluias, de mais a mais o do menino, que fremia com o conforto de chegar. Esparramaram-se pela pequena sala, já uns lanches e sucos surgiam pelas mãos da tia, o aroma aéreo do café, o tio a perguntar à mãe sobre a viagem, as pessoas da família. A vida vigorava, diversa, num outro jeito de ser degustada, e o menino a provava, com avidez.

Mal afastara a fome, ele viu entrar a prima, às carreiras, segurando uma boneca. Nem deu tempo de vê-la no seu geral, já a menina se acercava, o rosto sardento diante do seu, os olhos de risos, contente pela novidade. E ela tagarelava, um veloz tudo, como o que o menino vira da cidade até então, esgarçado ainda em seus sentidos. A prima, faladeira, e, inclusos nela, os gestos de agrado. Logo o arrastou para seu quarto, no piso de cima; a passar-lhe à mão seus brinquedos, uns que ele se surpreendia de ver tão iguais aos seus, outros que o maravilhavam por nunca tê-los visto. E a prima mostrava seus desenhos, suas lições de casa, as gavetas de roupa, o dentro dos armários, como se na sala ela fora parcial e, dividindo com ele seus pertences, enfim se revelasse inteira. Olhava-o sem precaução, devia de ser também sozinha, saltitante pela casa com seu novo amigo. E agora o rebocava escada abaixo, a porta aberta da cozinha, o quintal, e o menino nem intuía que algo maior estava prestes a acontecer, incabível na estreiteza do instante, cada minuto com a prima era o muito, o inesquecido. E ela lhe apresentou, entre sorrisos, o bambolê, a cabaninha de lona velha à sombra da laranjeira, e pulou corda, e subiu ao muro a apontar a linha de casas lá distante, o bairro fabril, um campanário, outra cidade, ínfima, dentro da cidade-mundo. O menino se expandia, entregue ao encanto, e, de pronto, se deu em perguntas à prima, narrou umas vivências suas, pequeninas, mas que a risavam, a divertiam, e um no interesse de ouvir o que vinha do outro.

Depois, os tios chamaram, os dois voltaram à sala, todos juntos a sorverem o proveito da visita. A mãe abraçou o menino, nuns afagos inabituais. E já se faziam planos de levá-los a passeios, a parques, a praças, às compras, ao melhor da cidade. Quieto, o menino escutava o que diziam na emoção da expectativa, vislumbrando já as belezas vindouras, enquanto mirava com suavidade a prima. A prima, tão mais surpreendente a cidade nela. Um mundo que ele ia descobrindo não de longe, nem de perto, mas de dentro, e aos poucos, feliz, feliz, o menino, a abrir também suas ruazinhas e avenidas para ela. A prima, o principal alumbramento. A vez primeira.

CHAMADA

A mãe não estava bem. De novo. E quando ela despertava assim, sem poder sair da cama, Renata teria de faltar à escola: nem era preciso o pai ordenar-lhe que ficasse; à menina cabia a tarefa de assisti-la e correr à farmácia, ou ao médico, se fosse necessário. Mas, embora a mãe não lhe parecesse ter acordado pior do que em outros dias – a tosse, como sempre, serenara à luz da manhã –, Renata não entendeu por que o pai, à porta do quarto, disse, secamente, *Vai pra escola, hoje eu fico com ela*. Obedeceu e vestiu às pressas o uniforme, a custo represando a alegria de ir ao encontro das colegas. Engoliu o café da manhã, sozinha à mesa, pensando nas emoções que em breve viveria. Depois, escovou os dentes, penteou os cabelos e foi despedir-se da mãe.

Encontrou-a sentada na cama, as costas apoiadas em dois travesseiros, os olhos inchados de insônia, nos quais ainda se podia apanhar a noite, como uma moeda no fundo do bolso. E, mesmo sendo filha e conhecendo-a bem, Renata não a achou nem mais nem menos abatida, pareceu-lhe até que gozava de boa saúde e nunca sofrera do mal que a consumia. A menina aproximou-se dela, ouviu-a sussurrar com esforço, *Bom-dia, querida*, e respondeu-lhe na mesma medida, *Bom-dia, mamãe*, que outra coisa não tinham a dizer uma a outra, senão essas óbvias palavras, por trás das quais havia o desejo visceral de que o dia lhes premiasse com outras levezas – a maior já era terem despertado para um novo dia, ainda que para a mulher, às vezes, fosse insuportável abrir os olhos e dar com o sol a arranhar as paredes.

A mãe apresentava bom aspecto, se comparado ao de outras manhãs, e, ao beijá-la, Renata sentiu a quentura de sua face, a respiração aparentemente regular, as mãos enlaçadas, dava até a impressão de que, súbito, sairia da cama e cuidaria da casa, da roupa da família, do almoço, como o fizera semanas antes, quando vencera outra crise. *Vou pra escola, mamãe*, disse a menina, e a mulher a escutou como se a filha nada tivesse dito senão, *Vou pra escola, mamãe*, e ignorasse que existiam outras palavras, agarradas aos pés dessas, esguichando silêncio. E, para não corromper a beleza desse segredo, a mãe abriu-lhe um sorriso – só ela podia saber o quanto lhe custava de vida esse simples ato de mover os lábios –, e disse, resoluta, *Vai, filha, vai*. As duas se olharam, a menina fez uma graça, *Tá bom, já vou indo*, e, antes de encostar a porta, disse o que a outra deveria lhe dizer – ao menos era o que a maioria das mães diria às filhas –, como se essa fosse aquela, e Renata só o dissesse por ter ouvido tantas vezes dela, *Juízo, hein*, imitando-a de propósito, mais para agradá-la do que para lhe mostrar o quanto crescera.

O pai a esperava na sala, vestido como se para um compromisso especial e, ao ver a menina colocar a mochila às costas, entregou-lhe a lancheira, dizendo, *Fiz sanduíche de queijo e suco de laranja*. Mas Renata demorou para pegá-la, espiando pela fresta da porta a mãe que, repentinamente, empalidecera, como se aguardasse apenas ficar a sós para desabar, e então ele emendou, *Não é o que você mais gosta?*, ao que a filha respondeu apenas, *É*.

Por um instante, permaneceram imóveis, flutuando cada um em seu alheamento, aferrados às suas sensações. De repente, ele enfiou a mão no bolso, retirou a carteira, pegou uma nota de dez reais e estendeu-a à filha, *Toma, compra um doce no recreio*. Surpresa, Renata apanhou o dinheiro, beijou o pai na face, a um só tempo despedindo-se e agradecendo pela dádiva; sempre fora difícil conseguir dele algum trocado, e eis que, inesperadamente, punha-lhe na mão uma quantia tão alta... Podia ser uma recompensa pelos cuidados que ela dispensava à mãe, ou um agrado para que o dia lhe fosse menos amargo, como se ele o soubesse que seria, mas Renata não pensou nem numa nem noutra hipótese, já lhe iam no pensamento a escola, as amigas e as lições que teria pela frente.

Desceu a escadaria, saltando os degraus, de dois em dois, e saiu à rua. Pegou o caminho mais curto, subindo a avenida principal, sob a copa larga das árvores, a pisar nas sombras que o sol, filtrado pelo vão dos galhos, borrifava na calçada.

O portão da escola permanecia aberto, quase não se viam alunos, todos já haviam entrado, somente um ou outro retardatário chegava. Estranhou a quietude do pátio, o vazio dos corredores, o ecoar de seus próprios passos. Correu para a sala de aula, sobressaltada, e entrou um momento antes da professora, o coração cutucando o peito, a amiga ao lado já a perguntar, O *que aconteceu? Sua mãe piorou outra vez?* Ia responder-lhe que não, embora hesitasse – ouvira o médico dizer uma vez que existiam melhoras enganosas –, mas murmurou, sem entender direito a razão pela qual mentia, *Atrasei, meu pai me acordou tarde.* Era assim, alguém sempre queria saber como andava sua mãe, e ela se aborrecia com a curiosidade alheia. Às vezes, inventava que faltara à escola por outros motivos, *Fui visitar minha tia; Machuquei o pé, Ajudei minha mãe a encerar a casa inteira;* exercitando o talento para dissimular, como o fazia àquela hora, mirando a amiga, enquanto na memória pendia a ordem estranha do pai, o dinheiro que ele lhe dera, o sorriso da mãe, *Vai, filha, vai.* E, repentinamente, sentiu remorso por estar ali, tão feliz...

A professora logo deu início à aula. Renata tentou se concentrar, mas uma outra lição a atraía, e era incapaz de lidar com as dúvidas que lhe fervilhavam a mente. Mergulhou numa névoa de sonhos, desejos e lembranças, distanciando-se tanto dali que, ao se dar conta, a lousa estava toda preenchida a giz, e as folhas de seu caderno vazias, o branco sugando-a para o centro de uma ameaça. A amiga a cutucou, *O que você tem?* Renata enveredara-se pelas linhas de sua própria matéria, tão sua que por vezes lhe parecia de outra, e respondeu, sem convicção, *Nada.* A amiga a alertou, *Então, copia.* Mas ela não se animou, manteve-se inerte, agindo contra a sua felicidade, porque se aquela era a sua realidade momentânea, ou ao menos a que desejava, algo a impedia de usufruir de sua plenitude.

A professora caminhou pela sala, a ver se os alunos copiavam em seus cadernos, chamou-lhe a atenção que Renata ainda não o fizera e a ela perguntou, *Algum problema?* A menina não se mexeu, nem disse nada, sentia o fogo de mil olhares lhe arder o rosto; ela era, sim, a aluna cuja mãe vivia de cama, mas não queria piedade nem regalia alguma. Por isso, antes de responder, *Não,* e a professora lhe ordenar, *Copie, se não você vai se atrasar,* cravou o lápis com força no caderno e começou a escrever.

A aula continuou, o tempo escorreu com lentidão, ao contrário de outras vezes em que ela se divertia e os minutos fluíam às tantas, exaurindo-se, rapidamente – como pequenas hemorragias de prazer.

O sinal soou, a sala se esvaziou num minuto, o pátio foi inundado pelo alarido das crianças e seus ouvidos encheram-se com as perguntas da amiga, *O que aconteceu?*, *Está preocupada com sua mãe? Ela foi pro hospital de novo?*, *O que você trouxe de lanche hoje? Vamos trocar?* E Renata ia respondendo, mecanicamente, *Nada*, *Não*, *Meu pai está com ela*, *Pão com queijo*, *Vamos!* Comeu vorazmente o lanche que trocaram, a boca aberta, ruminando a boa educação que possuía. Ignorava que uma corda se quebrara em seu íntimo e a nova, que a substituiria, precisava de afinação. Nem a companhia da amiga a confortava, queria estar só, agarrada às suas suspeitas. Correu ao banheiro para se livrar de novas perguntas, trancou-se e sentou-se no vaso, a perguntar-se, confusa, *Que será que eu tenho?*

Depois, voltou ao pátio e dirigiu-se à cantina. Observou sem pressa as prateleiras de doces e escolheu mentalmente o maior sonho que havia ali, todo polvilhado de açúcar e vazando o creme espesso. Ia fazer o pedido, mas desistiu e deixou-se ficar ali, muda, como se pedra. Pegou o dinheiro do bolso, examinou-o, seria o preço que o pai lhe pagara para comprar algo que ela não queria vender? *Você quer alguma coisa?*, perguntou-lhe o homem da cantina, *Se quiser, peça logo, o recreio vai terminar...* Renata o mirou, furtivamente, e, sem lhe dar resposta, enfiou-se entre as outras crianças, repetindo em voz baixa, *Não, não, não...*

De volta à aula, tentou entregar-se com desvelo às tarefas e afastar-se de si mesma, receosa de compreender o que verdadeiramente se passava consigo, de descobrir outro significado para as surpresas daquele dia. Esforçou-se, mas sentia-se avoada, pensando a todo instante na mãe, como pensava na escola quando ficava em casa cuidando dela. Não ouvia o que diziam ao redor, as palavras lhe soavam ininteligíveis, e o sol minguava – a sala, aos poucos, era engolida pelas sombras. Não havia como desligar os motores do dia, que funcionavam a toda, em surdina.

Então, Dona Lurdes, uma das funcionárias da escola, apareceu à porta da sala, cochichou ao ouvido da professora, que, imediatamente, a chamou, *Renata, pegue suas coisas e venha até aqui.* E ela foi, lenta e resignada. A professora conduziu-a com suavidade até o corredor, *Dona Lurdes vai levar você até a Diretoria,* disse, e a abraçou, tão forte, que Renata se assustou, não porque ela jamais a tivesse tocado, mas porque o contato com aquele corpo abria-lhe uma porta que não queria ultrapassar.

No caminho até a Diretoria, lembrou-se subitamente do dinheiro no bolso, tocou-o com os dedos por cima da saia, conferiu-o. Sentiu o peso do braço de Dona Lurdes em seu ombro, como uma serpente, e grudou-se ao silêncio com todas as suas forças, embora lhe queimasse nos lábios uma pergunta que se negava fazer.

Encontrou o pai lá, em pé, os olhos úmidos, uma xícara de café nas mãos, diante do Diretor, que – sempre de cara amarrada, a repreender os alunos – mirou-a com um olhar terno, insuportável de se aceitar. *Se o senhor precisar de algo,* disse ele ao pai, *pode contar conosco,* e acompanhou-os à portaria. O pai agradeceu ao Diretor a gentileza, ergueu a cabeça, despediu-se. Na calçada, pegou subitamente a mão de Renata. Há tempos ela não andava daquele jeito com ele, e deixou-se levar, obediente, como uma criança que já não era. Atravessaram a rua ensolarada e seguiram pela avenida principal, silenciosos, à sombra das grandes árvores. E, antes que o pai lhe dissesse o que tinha a dizer, ela compreendeu tudo.

UMBILICAL

Quando ele entrou em casa, eu estava na cozinha e não poderia escutar o ruído de sua chave girando na fechadura, nem o rangido da porta a se abrir, rascante como o da colher de pau no fundo da panela na qual àquela hora ela fazia o molho para a macarronada, porque as folhas da árvore no jardim zumbiam em meus ouvidos com a ventania e, pelo cheiro da comida no ar, eu logo pensei, *A mãe deve estar acabando a janta*, mas mesmo assim, pela vibração nova que eu podia sentir na casa e o calor que me subia pelo corpo, eu não tive dúvidas e concluí, *Ele chegou*, e, sem precisar mover a cabeça, sabia que meu filho atravessara a sala como tantos anos antes atravessara meu ventre e vinha até a cozinha e me observava silenciosamente, e ela de costas para mim, com aqueles grampos brilhando na cabeça, que valiam mais que mil histórias, enfiados entre os cabelos grisalhos, como os espinhos que eu tantas vezes enfiara nos pés, mexia com a colher de pau o molho para engrossá-lo, e se outras vezes, sobretudo em criança, quando aparecia de repente e, vendo-me distraída, eu a assustava com minha presença súbita, agora eu sabia, pela serenidade de seus movimentos, que ela já havia dado pela minha presença, porque na certa ele ignorava que uma mãe sempre sente quando um filho chega, e mais ainda se ele chega partido, mesmo que lhe faltem todos os sentidos, e como não tinha por que dar as costas para ele, virei-me e o vi me observando como tinha imaginado que estava e, apesar de dar pela sua presença antes que chegassem a mim seus passos sufocados pelas folhas da árvore no jardim que zumbiam com a ventania, estremeci, ao comparar aquele com o que vivia eternamente em minha memória, e para tranquilizá-la eu disse logo, *Sou eu, mãe*, e eu para agradá-lo respondi, *Nem percebi você chegar, filho*, como se a cruz que eu arrastava a cada passo não produzisse marca nem rumor algum no assoalho que ela encerava com tanto esmero, e, embora seu semblante parecesse calmo, eu podia ler muito além de seu rosto ensombrecido pela barba malfeita a agitação que lhe ia por dentro e nem precisava me dizer o que eu já sabia, que eu mais uma vez não conseguira emprego e fingia uma indiferença que ela não deixaria de perceber, e eu bem sabia que ele dissimulava não se preocupar com mais uma derrota, e, mesmo assim, eu perguntei-lhe para esmagar o silêncio entre nós, como há pouco esmagara os dentes de alho para o molho, *Como foi a entrevista?*, e ele respondeu-me com a artimanha dos filhos que desejam poupar a mãe de seus malogros, *Foi boa, mas não tenho perfil para o cargo*, e num nítido esforço de me dar esperanças mais do que ele mesmo acreditava, inventou, *Talvez me chamem para uma outra vaga*, sem se dar conta de que, entre nós dois, era eu quem mais vivia de dar esperanças, e, então, eu lhe disse, *Vai tomar seu banho, vou colocar o macarrão para cozinhar*, e eu não disse nada e mesmo se o dissesse ela não escutaria, porque a ventania aumentara e os galhos da árvore estrondavam no telhado, e ele foi, mais obediente do que quando dependia de mim para lavá-lo, e pensei nela, enquanto entrava no boxe e sentia a água cair sobre meus cabelos, no quanto devia sofrer por eu não ser um vencedor, como os filhos da vizinha, e eu ouvia o zumbido da ventania lutando com o barulho do chuveiro e o rumorejar da água engrossada pela espuma do sabonete e da sujeira que grudara no corpo dele e, provando o molho de tomate, percebi que faltava sal, assim como sobravam trevas nos meus olhos, quando na cama, me punha a pensar no fruto que ela gerara, mas que ninguém queria, talvez porque não houvesse mais espaço no mundo para os delicados, e, fechando os olhos, eu lembrei de repente de uma tarde em que eu e ela, andando pela rua, fomos surpreendidos pela chuva e corremos juntos até o beiral de um edifício e, a cada passo, ríamos de felicidade, ríamos por estarmos ensopados, e então coloquei a água com óleo para ferver, separei o pacote de macarrão e ralei o pedaço de queijo que sobrara, quase só casca, mas ele nem perceberia, e então notei que enfim a chuva caía, e pensei que um *não* a mais não o abalaria, e recordei aquela tarde, ele ainda batia em meus quadris e eu podia tê-lo, bastava estender a mão, e a tempestade nos surpreendeu a meio caminho e corremos, e eu irritada com o que o destino nos reservava e ele começou a rir e me ensinou o que eu deveria ter ensinado a ele, o que parecia uma perseguição era em verdade uma bênção, e a água escorria pela minha cabeça, e eu comecei a rir também como ele, a gargalhar, e mal conseguíamos respirar quando nos abrigamos sob um beiral, e parecia que voltávamos a ser um só corpo, o fio se reatara, e eu estava ligado novamente nela para sempre e desliguei a torneira do chuveiro e vi que me esquecera de pegar a toalha, e eu a deixei pendurada na maçaneta da porta e disse, *A toalha está aqui, filho*, e ouvi seus passos no corredor e sua voz, longe, abafada pela zoeira do vento e o chiado da chuva, *A toalha está aqui, filho*, e eu ia dizer, *Obrigado, mãe*, mas apenas falei no volume suficiente para que ela ouvisse, *Tá bom*, e abri a porta e apanhei-a, a mesma toalha azul, já desbotada, que ela alternava com a branca, ainda felpuda e com goma, e, enquanto me enxugava, encompridei os olhos pela fresta do vitrô e vi, entre a escuridão do quintal, uma sombra mais negra a se mover e apanhar outras sombras menores que flutuavam e imaginei que ela recolhia umas mudas de roupa no varal, essas camisetas quase secas dele e agora ensopadas, *Deus, como não percebi que choveria*, e umas calcinhas dela cor da pele, as suas saias de tons tristes, os panos de prato rasgados, e depois os pendurei na área coberta, e vi as sombras menores novamente flutuando, agora em outro lugar e a sombra dela imóvel, como se observando à contraluz as gotas da chuva como agulhas a cair na grama do quintal, feliz com aquela bênção inesperada, e fiquei um instante a ver o céu coberto pelo véu das águas, a procurar as estrelas e, se era difícil encontrá-las, mais difícil seria captar a massa opaca de seus satélites, que elas moviam com os cordões de sua gravidade, e senti a grandeza de seu silêncio e a dor de sua inércia, e desci os olhos do espaço sideral em tumulto para o meu firmamento e vi a janela do banheiro acesa e a sua sombra movimentando-se, na certa ele estava se enxugando e logo iria se enrolar na toalha e sair pelo corredor, e me enrolei na toalha, apaguei a luz e atravessei o corredor às escuras, o rumor dos galhos vergando-se e batendo no telhado com a força do vento, e entraria no quarto e se deitaria na cama para descansar alguns minutos antes de me levantar e me vestir, e então me apressei e voltei à cozinha, coloquei os fios do macarrão na água fervente e mexi-os para que se separassem e pudessem cozinhar melhor, e, enquanto esperava, conferi se a mesa estava posta com o que ele gostava, e peguei a garrafa com o que restara do vinho que eu abrira dias antes, e embrulhei o pão no pano para que não amolecesse com a umidade, e ouvi o burburinho em meu ventre, eu não comera nada depois do almoço, e pensei no pão que a mãe na certa tinha comprado, o pão que eu não conseguia ganhar com o suor de meu rosto, pois toda tarde eu descia a ladeira e atravessava a rua de terra e ia do outro lado esperar na fila da padaria a última fornada e comprava as duas bisnagas que ele devoraria, arrancando o miolo, roendo a casca crocante, o pão quente que, às vezes, com o embrulho de encontro a meu peito, eu sentia queimar-me, como os lábios dele me ardiam quando o amamentei, e eu sabia que o pão também enchia sua boca de saliva e dizia, *Hoje vou comer um só, pega esse outro, mãe,* e ela mentia, *Não, filho, pode comer, não quero, não, comprei pra você,* e eu me sentia feliz em poder dar a ele o que eu mais queria, e vê-lo saciar sua fome, enquanto a minha não era difícil de enganar, e depois eu a via ciscar as migalhas antes de unir a toalha pelas pontas e sacudi-la no quintal, e ouvi o vento fustigando os galhos no telhado e imaginei as folhas lutando, sem poder vencer a força das águas, como eu diante de um mundo que me negava construir algo com a força de minhas mãos, a vontade do meu sangue, o sal de minhas lágrimas, e, como sabia que ele estava mais abatido que noutros dias, sem ter como desenrolar o fio de Ariadne para sair do labirinto, fui eu mesma recolhendo o novelo para ele, e eu me senti de repente atraída por algo que era meu mas há muito despregara-se de meu corpo, como a árvore talvez sinta a ausência da folha que dela se soltou e, apesar do macarrão ainda não estar pronto, fui em direção a seu quarto, chamá--lo para a vida, e no escuro, ouvindo o rumor da chuva e das folhas varrendo as telhas com a força da ventania, de olhos fechados para outra escuridão, percebi que ela se acercava da porta, e eu disse, *Venha, filho, já está quase pronto*, e eu abri os olhos e não me movi, como quem desperta para a última ceia e procura ganhar tempo, um tempo que de nada adiantará, mas que é vida, e falei, *Estou indo, mãe*, e eu permaneci à porta um instante, pensando que haviam cortado o cordão que o ligava a mim na noite de seu nascimento, mas que um fio muito mais espesso e invisível nos atara, e eu fechei novamente os olhos e pensei no mundo ao qual ela me trouxera, e no seu primeiro choro, atônito, com a explosão de luz aqui fora, e não sei por que, vendo-o ali, quieto, na escuridão, eu sabia que ele segurava o choro e que não podia mais trazê-lo para dentro de meu ventre, lá estava ele, repleto, nos meus vazios, e engoli de uma vez só o silêncio, e repeti, *Venha*, e ergui-me, e fui, e eu o movi sem mais palavras, com o sopro suave de minha esperança, ouvindo o ímpeto da ventania lá fora vergando os galhos da árvore sobre o telhado, o rumor do temporal, e pensei que, às vezes, a semente tarda a crescer porque cai na sombra da própria árvore que a gerou, mas eu sabia que a chuva poderia carregá-la até onde o sol a nutrisse, e sentei-me à mesa, e coloquei à sua frente a travessa de macarrão com o molho grosso, e vi os dedos longos e peludos dele abrindo o pano no qual eu embrulhara as bisnagas, e eu peguei um pedaço de pão, despejei o vinho no seu copo, as mãos dela num gesto solene, e sentei-me diante do meu filho, e ergui a cabeça e mirei minha mãe.

PONTEIROS

O sol já saíra, igual sempre, dia comum, e parecia que nada aconteceria, a percepção tão vagarosa, como o ponteiro das horas, a gente o vê parado, mas ele a se mover – a vida vindo, inevitável. Na casa, já se ouviam ruídos, os adultos arrastavam as malas, as crianças agarradas a seus brinquedos e à pressa de partir, a praia a quilômetros de distância, mas a felicidade se fazendo, veloz, no coração deles; doía suportar a leveza de seu fermento.

Nos olhos da família, o desejo desperto, estavam prestes a saltar, por uma semana, das tarefas para as delícias, que bem mereciam. *Vai ser demais*, disse o pai, abrindo o porta-malas do carro, *Vocês vão adorar*, confirmou a mãe, ajudando-o a dispor as coisas no bagageiro, e o filho, *Vou pegar a minha prancha nova!*, e a filha, *Cuidado com meu baldinho amarelo, mamãe!*, já os castelos de ar se erguiam, uma experiência extrema, de tão simples, os pés na areia, a brisa do mar salivando a pele, o verão.

E melhor: iam com amigos, queridos, *Já liguei pra eles*, disse a mulher, avisando, *Estão nos esperando*, e fechou a porta da casa, as crianças quietas por fora, em gritaria por dentro, a manhã se desdobrando nos espaços. O homem deu a partida, e o carro saiu pela rua, tão conhecida e já sumindo na lembrança; agora, como vaso vazio, eles queriam florir vivências.

Em poucos minutos, estavam estacionados atrás do carro dos amigos, casal também com filho e filha. E nem bem ecoou entre uns e outros, *Bom dia*, uma das mulheres sugeriu que misturassem as crianças, seria mais divertido – e assim se rearranjaram: os meninos foram com um casal, como se a formar uma nova família, as meninas com o outro. *Vamos*, alguém disse, *Já é hora*, e lá se foram os dois carros, rumo à rodovia, pais e filhos sob o sol, cada um a sofrear a sua euforia, o nada regendo a manhã, e nem percebiam que aquele nada era, em si, o acontecimento.

Deu-se a viagem: as crianças, em ambos os carros, insones à véspera da partida, renasciam em conversas sem fim, como matracas, na falação de suas coisas, indiferentes à estrada que se desdobrava. Os adultos no mesmo, a entregarem um ao outro, marido a mulher, e ela a ele, as suas palavras alvoroçadas, tecendo assuntos que no dia a dia nem tempo tinham de pegar da agulha e da linha. E, àquela hora, enquanto bordejavam os campos e as lavouras, excediam-se em gentilezas, *Trouxe esta garrafa d'água pra você*, a mulher, e o homem, *Se quiser ligar o rádio não me incomoda…*, e ela, *Toma aqui o travesseirinho pra suas costas*, e ele, *Tire as sandálias, é mais confortável.* O outro casal também se via e se ouvia, o homem, *Aqui está a carteira*, e a mulher, *Vou separar já o dinheiro do pedágio*, e ele, *Tem novidades no jornal?*, e ela, *Vou ver*, e assim cuidavam de viver o seu instante, interrompidos às vezes pelos menores que, espetados de ansiedade, perguntavam sobre a praia, a casa que haviam alugado, *Quantos quartos tem, mamãe?*, a cor do guarda-sol, se poderiam jogar bumerangue, se isso e se aquilo, *Quantos quilômetros faltam, papai?*, o caminho a se fazer inteiro, ainda.

Aos poucos, a expectativa se amainou, os carros progrediam, vidros abertos, as palavras e o silêncio vindos como vagas, ora umas, ora outro, o deleite de se avançar em boa companhia… Então, quando o ponteiro saltou de uma hora a outra e novo salto ia completar, os corpos já pedindo uma parada, eis ali um posto, Lago Azul o seu nome, antes do oceano revolto, um lago sereno para o espírito. Portas destravadas, as crianças acorreram ao parque que ladeava o restaurante, já na caixa de areia, nos balanços, nas gangorras. Os casais se reuniram, o sol luzindo nos óculos escuros, os sorrisos nas faces, uns comentários sobre a estrada, as laranjeiras vergadas por tantos frutos, o calor, *Estou derretendo*, a paz no posto, sem a azáfama dos ônibus de excursão, *Prefiro assim, esse deserto*, eles ali, à margem das coisas vindas. Um dos pares ficou a vigiar os pequenos, o outro se dispersou, o homem foi ao banheiro, a mulher, à banca de revistas, e, quando retornaram, era a vez de monitorarem seus filhos e os dos amigos. Depois as famílias se juntaram no restaurante, *Quatro cafés, por favor*, um dos garotos queria água, o outro preferia suco, as meninas, os rostos afogueados, pediram pão de queijo, e, enquanto esperavam, voltaram-se todos para a rodovia, os veículos indo e vindo, renovando-se na visão, o mundo lá, só para eles.

Permaneceram assim uns minutos, vivendo o que lhes cabia e não lhes custava nada, os pais cercados pelas crianças – e elas a rodeá-los –, hora de calmaria. Nem se interessaram pelos outros casais com filhos que ao posto acorriam, e, como uma corrente de ar vinha da porta lateral, uma das mulheres comentou, *Ah, que vento bom!*, e logo a outra emendou, *Na praia é ainda mais gostoso*, e iam continuar a conversa, quando um dos homens ordenou, *Vamos, temos muito pela frente*, e o outro, *É, se apertarmos o pé, evitamos o sol do meio-dia!*

De volta à estrada, como antes, cada marido com sua mulher, os filhos mesclados no banco de trás. A paisagem ora se renovava, exibindo umas casas de fazenda, uns haras de cercas coloridas, umas planícies de silêncios; ora envelhecia, revelando umas pontes iguais às já vistas, umas retas longuíssimas, parecidas às do início da jornada. E todos, nos dois veículos, ancoravam os olhos naquela sucessão de campos e cidades, ser era simplesmente ver, e eles eram o que eram, vendo o que viam: o céu, de um azul vivo, abrindo-se acima de suas cabeças, o sol a derramar-se pelo asfalto. A viagem, essa única.

Então, de inesperado, o carro da frente acelerou numa subida e, aos poucos, como o ponteiro dos minutos, foi se afastando do outro, que não se esforçou para reduzir a distância, nem se emparelhar, como vinha fazendo. Durante alguns quilômetros, podiam se reconhecer: o homem que dirigia o primeiro via pelo retrovisor o carro dos amigos; o homem no carro de trás mirava o outro, já lá adiante, onde as duas meninas acenavam, *Adeus, adeus…*

A partir daí, o casal na dianteira fez o trajeto sem interrupções. E o que viram e viveram, incluindo as crianças, foram os paredões da serra que contornaram, aos solavancos, os túneis compridos, a mata coada de sol, uns miúdos de mar cintilando entre as árvores, os vestígios da cidade costeira lá embaixo. E tudo, rápido, já se afundando nos sentidos, porque chegar era a sua única meta. E, *Vejam*, além da névoa, a placa de bem-vindos, *Agora é só achar a rua e pronto!*

O casal retardatário, noutro ritmo, experimentava com as crianças a surpresa das curvas, deixando a estrada viver neles, também caminhos. Quando iniciaram a descida da serra, o homem reduziu a velocidade, *Pra gente ver melhor,* e a beleza do arvoredo reluziu em tons de verde, umas flores delicadas avultavam aqui e ali e os viam, e eles a elas, *Acho que são orquídeas,* o que na pressa fora só rastro para os amigos, era agora o matagal preciso, até umas filigranas se percebia, umas folhagens serrilhadas, uns troncos de casca negra. E, súbito, a mulher, espantada, *Olha que lindo, meninos!,* um pássaro se desgalhava da ramaria e planava – mal se podia vê-lo, tanta beleza fugidia. Depois os túneis, *Esse é um dos maiores da América,* o homem disse e apontou para os imensos exaustores de ar, *Uma obra única da nossa engenharia,* e uma moto buzinou, outra respondeu, uns carros idem, e os ecos cresceram lá dentro, em balbúrdia, divertindo as crianças, até que saíram, novamente, na estrada coleante ao sol. Logo, o que eram pinceladas de mar entre as frinchas da paisagem, para os que haviam passado rapidamente, transformaram-se aos olhos deles – parados no mirante – num quadro de entontecer, o oceano ondulando, grandioso, a superfície salpicada de barcos, veleiros, iates, e, *Deus,* um navio transatlântico... O que se via, no refinado ver, ia além do mar, da longa linha de areia, do cais atulhado de embarcações, da vegetação, do céu; o que se via era uma entrega, eles se davam para aqueles espaços, e esses, gratos, se revelavam ainda mais.

Retomaram a descida da serra – novas braças de verde, rochedos musgosos, luzes de outros túneis, nevoeiro –, e os meninos falavam sobre os caiçaras no acostamento, *Mãe, o que estão vendendo?*, *Caranguejos, filho*, e silenciavam, e voltavam a falar, *E aquela casinha lá em cima, não despenca?*, e riam, *Vejam, aquilo é uma plantação de palmito!* O tempo, no ponteiro dos minutos, a serra se finando, macia, o asfalto em linha reta outra vez. E, então, uma banca de frutas, a mulher sedenta por uma água de coco, o homem por uma nova pausa, as crianças descobrindo, alegres, as bananinhas-ouro, tão pequenas... Pararam, sem pressa. Nenhuma. Apenas o gosto de estar ali. E muita era a satisfação, e inédita, e rara, e intensa. Eles, virgens para aqueles momentos, para todos os momentos, para qualquer momento. A vida só sendo...

Na rodovia, de novo. O cansaço se aportava nos corpos, vindo dos muitos quilômetros percorridos na mesma posição. Já quase se acercavam da cidade, o cheiro da maresia inflamava o ar, o sol furioso vibrava no casario, nos fios dos postes, na lataria dos veículos, *Ufa, que calor!* A incandescência do meio-dia. E os últimos atrativos, à entrada, quando desembocaram num farol vermelho: as redes num varal, de várias cores, tão lindas, tão boas, como as ondas, para não dormir nem acordar. E elas os apanharam, as redes, em seu silêncio de sereias. Estacionaram: o homem e a mulher as olharam de perto, como a uma esperança, e escolheram a sua, já era isso um navegar, as horas válidas da viagem, enquanto os meninos, em pé, viam no horizonte umas pipas levitando, suavemente. Quando por fim chegaram à casa, lá estavam o casal de amigos e as meninas, à varanda, esperando-os há tempos. No acabrunho. Esses haviam vindo velozes, para nada. Sem os demais, que agora chegavam, *Por que demoraram tanto?*, tinham adiado umas decisões, quem ficaria no quarto maior, que comida iam fazer para o almoço, e outras, e outras. Sim, tinham chegado primeiro. Mas ali, à espera dos segundos. Nem haviam se dado conta de que a chegada era de pouca valia. No caminho, o fato mínimo, imenso: o vaivém da existência.

O ÚLTIMO GOL

Você viajou o sábado inteirinho, mais de mil quilômetros, só para me dizer que ganhara aquela grande causa no júri.

Eu falei,

Nem precisava pegar estrada, filho, era só me telefonar,

e você disse,

Vim também porque estava com saudades.

Entardecia, eu cochilava na varanda quando você chegou sorrateiro e, talvez porque eu estivesse atrás daqueles enormes vasos de samambaias de sua mãe, nem percebeu a dimensão da minha surpresa.

Então nos abraçamos, fazia tanto tempo que não nos víamos, filho, me pareceu que você estava nascendo novamente diante de mim. E eu estremeci ao dar, de repente, com seu rosto sereno, depois de tantas causas perdidas *sim, os cactos também dão flores*, dizia a sua mãe,

mas resisti, segurei o sal que ameaçava vazar de meus olhos, coloquei a mão em seu ombro,

Venha, venha,

e fomos entrando em casa.

Eu mesmo coei o café, pretexto para acendermos um cigarro, e sentamos na sala, e você disse,

Venci aquele processo!

e estava tão feliz que começou a me contar, euforicamente, como tudo acontecera; mas, em vez de me estender o colar da vitória, você falava sem ordem, indo e voltando, e eu mesmo tive de juntar os trechos para não perder os rumos da trama.

Depois você caiu no sofá e adormeceu e eu vi a sua mãe voltando para nós no silêncio de seu sono.

Lembrei então de quando você tinha oito anos e entrou comigo pela primeira vez num campo de futebol, e eu perguntei,

Qual posição você quer jogar, filho?

e você, menino,

apontou as traves e respondeu,

Quero ser goleiro.

E aí, por muitos dias, eu tive de te ensinar como os atacantes envenenavam a bola com chutes de efeito, de trivela, de chapa, com folhas secas e cabeceadas, porque só conhecendo as armas de ataque é que se poderia fazer uma boa defesa.

E da defesa você jamais saiu, tanto que se recusou várias vezes a prestar concursos para a promotoria, a sua vida seria bem mais tranquila, seria fácil acusar com sua invejável eloquência, mas você nunca quis.

Quando a noite caiu, pedi uma pizza de calabresa, a sua preferida, abrimos todas aquelas cervejas, ligamos a televisão e, como não havia nenhum jogo, começamos a assistir a um filme, conversando entre um intervalo e outro sobre coisas banais que, no fundo, ocultavam o que em verdade queríamos dizer.

Você dormiu profundamente, nem viu o final do filme, eu desliguei a televisão e o deixei ali, no sofá, embalado pela cantoria dos grilos, sem forças para carregá-lo até o quarto, como fazíamos eu e sua mãe quando você era uma criança.

Não consegui pegar no sono, a calabresa me pesou no estômago e, mais que ela, as lembranças, e eu estranhei que viessem em tal quantidade justamente quando você estava tão perto de mim.

Flashes espocaram em minha memória, e não sei por que revi aquele jogo em que seu time do colégio empatava com os de Serra Azul, e o zagueiro cometeu um pênalti no último minuto. Claro, era preciso tentar a defesa, mas o centroavante deles sabia chutar e depois, inconformado, você me disse que escolhera o canto certo, mas fora um torpedo,

e eu disse,

É preciso saber perder, filho, há chutes indefensáveis, a bola às vezes sabe quando será da rede e não do goleiro.

Na manhã de domingo, enquanto você arrumava a sua mochila, eu andava de lá para cá, como se estivesse fazendo algo importante, fingindo que eu vivia a minha vida, e que, sem você, sempre haveria algo a fazer, e que eu não dependia de seu amor, quando, na verdade, estava ali para beber avidamente a sua presença, para conversarmos de todas as maneiras, até pelos nossos ruídos, o silêncio de um abraçando-se ao do outro, a minha tosse se agarrando ao estalido do zíper de sua mochila.

O tilintar da colher na minha xícara de café como se fosse uma pergunta; o chiar da água de seu banho, a resposta.

Foi um fim de semana feliz, desses que há muito eu não vivia e, à tarde, você pegou o ônibus e eu o vi sumir na poeira da estrada. Revejo ainda a cena, o céu estava encoberto de nuvens brancas e, nas mãos vazias, você parecia carregar sonhos invisíveis.

Voltei mudo para casa,

Esse menino ainda vai longe,

e imaginei o quanto a sua mãe se orgulharia se estivesse aqui.

Mas, no dia seguinte, eles telefonaram e, antes de me falarem sobre o acidente, *Eu já sabia, filho,* que era um lance sem defesa e tínhamos perdido a partida.

ROSA DO DESERTO

Talvez porque tivesse o nariz comprido, a pele morena, os cabelos negros e as ancas ideais para a dança do ventre, pensei, *Deve ser árabe*, e me aferrei a essa certeza, quando ela se aproximou do balcão e vi seus braços um tanto peludos para uma mulher dos trópicos, o que alastrou feito um rastilho a minha curiosidade. E então ela deixou escapar um sorriso que há muito eu não via se abrir para mim e me olhou com uma ternura tão explícita e me acionou o *play*, desaguando um caudal de vida que não era para ser provada em copos mas no bico da garrafa, a largos sorvos, e todo meu ser foi sacudido pela vigorosa sensação de que somente eu seria capaz de despertar o gênio oculto em seu silêncio. *O que esse anjo veio fazer no meu inferno?*, eu pensei, surpreso mas sem me entregar à raridade daquele instante, represando na casca de minha desconfiança a certeza de que eu havia recebido uma dádiva. E me enganei, julgando que era apenas um sorriso cordial – o rastro de um pássaro que esvoaça no ar e, em seguida, se esconde na folhagem de uma árvore –, porque ela sorriu novamente, e eu permaneci imóvel, sem saber como agir, desacostumado com a escrita dos gestos, eu já não sabia mais ler nessa cartilha, seria preciso que me pegassem a mão novamente, me ensinassem a usar o lápis para traçar caminhos e abandonar a borracha que queimava meus dedos e com a qual eu só apagava pistas. Surpreendeu-me que alguém, com tão pouco esforço, tivesse laçado no vácuo o menino que se perdera de mim e me devolvera a ele sem dizer uma só palavra, quando eu já mal conseguia encontrar no espelho o homem que vivia à minha superfície. Então eu disse algo fútil, mas que era o primeiro degrau de uma aproximação inevitável, e ela respondeu como se eu estivesse estendido um tapete aos seus pés e, com espantosa naturalidade, convidou-me a voar nele com palavras que pareciam grãos de poeira cintilando ao sol, e eu senti que ela tocava a minha partitura, enquanto eu cavoucava, ansioso, a verdade que se escondia sob o véu de sua discrição, e saboreei a graça de estar vivendo a minha vida diante dela, o que nos fazia cúmplices de um instante que se perderia para o mundo, mas se cravaria como um prego em minha memória. Falamos algumas frivolidades, um tateando o mistério do outro, tentando as várias chaves em busca daquela que nos abriria inteiramente, e parecíamos saber a hora de silenciar nossas grandezas e vazar nossas insignificâncias. E, conforme eu a sentia avançar passo a passo em meu campo de defesa, imaginava o que ela estava descobrindo em mim que eu não sabia, e continuei abraçado à minha timidez, descrente de que meus cabelos já grisalhos, meus dentes remendados e as manchas da idade em minhas mãos não a repelissem e que ela buscava alma em mim, enquanto eu media seu corpo jovem, revelando a minha fome e descartando a hipótese de que eu pudesse interessá-la. Resignado ao meu deserto, eu não cogitava encontrar mais nenhum oásis para repousar à sombra das palmeiras, e pensei, *É uma miragem*, embora tão próximos estivéssemos, e eu pudesse sentir o cheiro de ervas em seus cabelos, o seu hálito de hortelã, e apanhar a minha satisfação refletida em seus sorrisos, como os galhos de uma árvore oscilando ao vento nos olhos de um pássaro. Senti que a conhecia desde a noite dos tempos, ela possuía a costela que me fora arrancada, era finalmente a possibilidade, entre milhões, reservada a mim no jogo das paixões. Não me aborreci ao supor que ela, com seus vinte e poucos anos, inclinava-se em busca do homem maduro que pudesse lhe entregar o sentido da vida e soubesse o segredo que movia a máquina do mundo, eu só me importava em beber a sua presença, temendo perdê-la de repente, como se ela fosse minha, e eu ignorasse que só pode ser dado a alguém aquilo que já é seu. E ela me ouvia como se falasse um sultão e parecia ler nos meus lábios as palavras que eu desejava dizer abaixo das que dizia, agarradas à pele do óbvio, e seu olhar, encimado por espessas sobrancelhas negras, não se desgrudava de mim, preso ao visco de minhas feições, de minha barba, minha calva, os traços que eram meu registro visual no mundo e permitiam que me reconhecessem como eu, e me chamassem pelo meu nome, e que eu mesmo, diante do espelho, me conferisse.

E, enquanto falávamos, apertei o *forward* da imaginação e vi lá na frente o casal que poderíamos ser, as mil e uma noites virgens que viveríamos, as luas minguantes no céu que contemplaríamos, e as carícias que eu teria para ela, até o tempo de me semear dentro de seu vaso, de lhe entregar o tesouro que me era mais caro, e de enfrentar ao seu lado, com as unhas da insensatez e os dentes da razão, as contrariedades que adviriam, e violentá-la com minha ternura, e me lambuzar de seu espírito, me esfolar nos pregos de seu corpo, me ancorar em seus peitos flutuantes, me iluminar na escuridão de suas coxas, me perder na noite úmida de seu sexo, me encontrar nos recônditos de sua geografia e entregar a ela, para que engolisse, a minha hóstia secreta. E então a vi na casa em que teríamos, recolhendo do varal as nossas manhãs de amor, lambendo a lágrima que escorreria pelo meu rosto, e mais e mais eu me convencia, *Ela é minha rosa do deserto*, e a efêmera felicidade que eu sentia se sobrepunha à dor de minha existência, e curava milagrosamente as feridas de meu ser genioso, como se ela soubesse o abre-te sésamo que me reconduziria à esperança, iluminando a gruta onde minha vontade se refugiara como a ninfa Eco, repetindo em cada célula de meu corpo a ordem para ser novamente uma criatura alada, que se compadecia dos miseráveis, de cuja confraria eu fora arrancado pela rede de seus sorrisos e pelo anzol de suas palavras. Mas vi também, lá longe, velozmente, as muitas montanhas a que teríamos de ir, as mil etapas traiçoeiras do cotidiano que teríamos de superar para atingirmos a plenitude de meu sonho, quando a sensação que me estremecia como hipótese se consubstanciaria em matéria de nossa realidade, o sentimento saindo da neblina do devaneio e entrando no foco da vida, e todos os pontos de força convergiram para o meu aleph, e, então, me invadiu a energia colossal de todos os djins, e eu pensei, *Andarei sobre as águas por ela*. E, de regresso ao instante que rugia à nossa frente, aproximei-me sem calcular os riscos e mergulhei na areia movediça de sua presença, disposto a ouvir o sim explosivo do mundo, o nosso *big-bang*, sem cogitar que cada um de seus sorrisos poderia ser um pedido de socorro, como eram os meus próprios olhares, e embaralhei na mente a sua face com a minha e recolhi o rosto de uma criança que ela produziria a partir de minha semente e escrevi a nossa história num lapso de ilusão, enquanto eu a via se sobrepor à outra que saía de mim para me salvar. Mas a súbita percepção da verdade esmagou minha expectativa e freou o mecanismo dos sonhos, o *rewind* foi acionado e comecei a rebobinar tudo o que havíamos dito e vivido na dimensão de meu desejo. Então, quando ela se aproximou do balcão, o nariz comprido, a pele morena, os cabelos negros e as ancas ideais para a dança do ventre, e estendeu os braços peludos, sorrindo, eu me afastei com os olhos cheios de poeira, o silêncio esmagado entre os dentes, de volta à imensidão de minhas perdas.

TECIDOS

Do quarto onde estava, encolhido na cama de casal, o rosto ensopado de tristeza, o homem tentava decifrar os sons que vinham da sala, e logo entendeu que a mulher se pusera a fazer o que, no fundo, nenhum dos dois queria, mas o que, em poucas e dilacerantes palavras, haviam decidido. Ela iria embora, estava já recolhendo suas coisas e, de propósito ou não – porque sabia que, daquela forma, o machucaria mais –, começara por retirar da estante os livros que lhe pertenciam e que, meses atrás, se alegrara ao misturar com os dele. Ambos se lembravam que, ao organizar juntos a nova biblioteca, e se deparar com exemplares de uma mesma obra – um dele, outro dela –, haviam resolvido, sem hesitação, doar para a escola do bairro aquele que tivesse menos marcas pessoais. Naqueles dias, tinham a certeza maciça de que jamais se separariam. Mas, agora, seria preciso dividir também essas perdas, pequenas até se alinhadas com aquela maior, que cada um teria de absorver inteiramente para si. E, como se fosse pouco segurar no dique frágil de seu corpo a angústia que nele se debatia, e reconhecendo que nela essa barreira era ainda mais vulnerável, o homem se levantou para ajudá-la. Em silêncio, ao contrário da algaravia que haviam produzido ao colocar os livros na estante tempos atrás, foram retirando um a um, para conferir quem era de fato o seu dono – até minutos antes, eram os dois –, e, conforme a tarefa progredia, grandes vazios iam nascendo nas prateleiras e revelavam, como se estivesse oculto por um véu, o espelho futuro diante do qual, com o passar dos dias, aos poucos, eles veriam, enquadrada, a imagem de sua própria solidão. E, para tornar menos insuportável a dor, ele começou a fazer, aqui e ali, algum comentário sobre os livros que passava a ela, *Este não é muito bom*, ou, *O título tem tudo a ver com o que estamos vivendo*, e, a mulher, em concílio com ele, pelo menos naquele ponto, apanhou aquela linha de conduta e foi tecendo também umas observações, *Esta capa é linda*, ou, *Este dicionário foi você quem me deu, posso levar?*; e o homem, unindo-se a ela pela conversa, o que não parecia mais possível por meio de outra linguagem, respondeu, *Sim, pode levar, vai ser mais útil pra você*. E, então, ela, de repente, folheando um romance e borrando a página aberta com as lágrimas, disse, *Adoro esta história*; ele se manteve mudo, preso à história de ambos, sem saber com quais palavras poderia salvá-la deles mesmos, dos erros que continuavam a cometer, embora desejassem acertar. A quantidade de livros era modesta, a soma do que possuíam era bem menos do que haviam lido, assim como o clima de luto ali instaurado desmentia o quanto, um dia, haviam sido felizes, e, por sorte, eles não se demoraram muito nessa tarefa que deixou, como saldo, umas poucas colunas de livros, na vertical, a um canto da sala, e outras, com falhas, horizontais, nas prateleiras da estante – um quadro brutal para os dois reconhecerem, ao erguer a vista, a sua atual condição de separados.

Em seguida, a mulher foi para o quarto pegar as roupas, e ele, a fim de ser como nem sempre fora, atencioso e doce, seguiu para o outro quarto, de visitas, ao lado, onde, em cima de um armário, guardavam as malas que só usavam para as grandes viagens – e, como eram raras as grandes viagens, uma membrana de poeira pairava sobre as malas –, e, apesar de todo o seu ser se opor àquele instante (ele o anularia com a força total de seu desejo, se fosse possível), seus braços se levantaram ao máximo e trouxeram para o chão as duas malas, insuficientes, era verdade, para conter as roupas dela. Mais hábil e organizado nesse quesito, ele foi ajeitando nas malas, com muito zelo (zelo com que, nos últimos tempos, sem perceber, deixara de tratá-la), as roupas que ela transferia das gavetas para a cama, cuidando para não amarrotá-las, como se devessem ser tocadas com reverência por serem de quem ele amara, ou por ele as ter apreciado no corpo dela e, tantas vezes, as ter tirado com as mãos apressadas do desejo. Na tarefa de fazer as malas para a mulher, ele não se sentiu tão usurpado, aquelas roupas eram *dela*, ali estava um dos poucos trechos dos dois que não se haviam entrelaçado, e no qual cada um ainda mantinha a sua unidade preservada. Depois de recolher as roupas e os calçados, a mulher foi apanhar uns objetos no banheiro, que igualmente pertenciam ao casal, embora ela usasse alguns mais do que ele, como os xampus e os condicionadores, ou ele quem costumeiramente os comprasse na farmácia, como os colírios e os enxaguatórios. Mas havia aqueles que eram propriedade e usufruto inegáveis dela, como os frascos de perfume feminino – os dele, sobretudo os de odores cítricos, ela, às vezes, também gostava de usar em si –, e ele, ao vê-la hesitar diante daquela Acqua de Giorgio, pela metade, sua imobilidade dando mostras de que ela queria (mas não devia) continuar aspergindo, na própria pele, um aroma associado ao seu (já não mais seu) homem, ele disse, *Pode levar o que você quiser.* E, de fato, ficou satisfeito, quando ela, rápida, apanhou o perfume, como se colhesse uma fruta no pomar alheio, ao contrário da sensação de perda que experimentou quando ela pegou a tesoura (ele usava para aparar o bigode e a barba) e a botou no nécessaire. A tesoura ia lhe fazer falta, a tesoura lembrava que era feita para cortes, duas lâminas emparelhadas, presas a um mesmo eixo, prontas para rasgar tanto os fios da seda quanto os de tecido rústico. Outros objetos, por sorte pequenos, ainda estavam entre aquelas paredes, que eram totalmente dela, embora ele já estivesse habituado a senti-los seus, como a cópia de uma gravura de Amilcar de Castro (na qual duas cores se borravam, o lilás e o vermelho, perdendo, uma na outra, seus próprios limites, numa suave fusão, justo o oposto do que, àquela hora, ali acontecia). Mas também estavam as coisas que eram dos dois em igual medida, como os vasos de violeta, que ele comprara, mas ela quem os regava: quando viu a mulher se aproximar dos vasos e vacilar, por um instante, se deveria ou não levá-los, o homem disse, *Pode pegar, as violetas vão morrer se você deixar aqui*, ao que ela aquiesceu, movendo a cabeça, as flores diante de seus olhos, mudas, pedindo que as poupassem da água a escorrer deles.

Alguns outros pertences, dispersos pela casa, ela ainda juntaria, a velha almofada na qual acomodava a cabeça, deixando à mostra a nuca que atraía os lábios dele, uma caneca, uma caixa de incenso, uns nadas que, no entanto, iriam ganhar, dias depois, naquele espaço – ele era experiente para saber –, a força dos grandes vazios. Vazios, que também ela não ignorava, ficariam em seu espírito, ainda que levasse, com a ajuda dele até o carro na garagem, tudo aquilo que, havia pouco, só tinha sentido por estar ali, a tecer e a fiar – trama bem urdida – a rotina de ambos.

Ajeitaram as coisas no porta-malas e no banco de trás; e ele, sentindo que, um a um, cada ponto de sua dor se esgarçava, foi logo abrir o portão. Ela não entrou no carro imediatamente, permaneceu em pé, à espera de que o abismo desse o passo final em sua direção. Ele, então, acercou-se dela – e a abraçou. Os corpos eram um só texto vivo, as linhas do presente e as ocorrências do passado emaranhadas rigidamente umas nas outras. Ali estava o ponto de arremate. Ela recolhera pela casa o que era mais dela, ou menos dele. Mas como separar os fios espessos, quase cordões, daquele tecido, único, feito de sangue e sonhos dos dois?

BALANÇA

Acorda, *dorminhoco*, ele disse, e me apertou o joelho com carinho. Seu rosto barbudo e a paisagem que corria lá fora invadiram meus olhos sujos de sono. O sol vibrava como uma imensa laranja pendurada no céu, e o asfalto subia e descia lá adiante. *Onde estamos, pai?*, eu perguntei, bocejando, *Já passamos de Porto Ferreira*, ele respondeu, *Você dormiu, hein...* Encostei no banco e fiquei olhando o pé de coelho dependurado no espelho retrovisor, tremulando com as sacudidelas do caminhão. *Como é, acorda ou não acorda?*, ele disse, reduzindo a marcha pra enfrentar a subida. *Você veio pra dormir ou pra me acompanhar?*, continuou, um braço no volante, outro do lado de fora, fazendo sinal pra quem vinha atrás. Era um ônibus Cometa, logo emparelhou com a gente e soou a buzina. Espreguicei-me. O pai diminuiu a velocidade pra facilitar a ultrapassagem e fez sinal de positivo pro motorista. O Cometa avançou, enfiou-se na pista à nossa frente, o farol traseiro piscando. *Viu, filho?*, ele disse, *Vi*, eu respondi e reparei o desenho de um cometa pintado na traseira do ônibus, como uma bola de fogo se desintegrando. Amanhecia. As árvores à beira da estrada, úmidas de orvalho, brilhavam, e o calor já incomodava. O pai abriu dois botões da camisa, o peito transbordando pelos negros, a corrente de ouro com o pingente da Nossa Senhora no meio daquela escuridão, as calças suspensas até os joelhos pra refrescar as pernas, a barriga proeminente, resvalando na enorme direção do Scania. Era a primeira vez que eu ia com ele fazer entrega numa cidade tão distante. Um bando de pássaros cortou a nossa vista, ondulou no céu de lá pra cá, e sumiu nos campos verdes, longe, longe. *Falta muito?*, perguntei, com medo de que terminasse logo a viagem que eu tanto sonhara. *Você já enjoou?*, o pai perguntou, *Não, é só pra saber*, eu respondi, feliz por estar perto dele, sacolejando, na cabine do bruto. O vento entrava pelo vão do vidro aberto e despenteava nossos cabelos, o sol batia no painel e logo alcançaria minhas pernas, encolhidas, cheias de marcas dos tombos e pontapés que eu levara jogando futebol, e desceria até o meu tênis velho. Tínhamos saído de madrugada, as luzes da cidade ainda oscilavam nos postes como velas numa procissão, a mãe de camisola me acenando à porta, orgulhosa, e eu mais que ela, subindo os degraus do Scania pra viajar com o pai, o coração leve, leve... Mas, nem bem pegamos a estrada, eu adormeci, exausto: passara quase a noite toda em claro, vivendo a viagem em pensamento, desejando que os galos começassem logo a passar o canto de um quintal ao outro, como uma chama de mão em mão até que se acendesse o dia, e o pai entrasse no quarto e eu fingisse que dormia e ele me chamasse, *Acorda, dorminhoco!*, e me apertasse o joelho com carinho, *Vamos, está na hora*, e eu me movesse devagar, como quem quisesse ficar uns minutos a mais na cama, com tempo pra me espreguiçar, quando em verdade eu queria saltar, imediatamente, e entrar na cabine do caminhão pra saborear meu sonho, fresco e crocante como o pão que comíamos no café da manhã. E, tanto quanto eu, o pai parecia feliz por ter-me ao seu lado, louco pra puxar conversa, como se o silêncio pudesse quebrar seus sonhos e as palavras estivessem sempre à sua mão iguais um disfarce e, então, mais pra ouvi-lo que por curiosidade, eu perguntei, apontando pra lavoura verdinha que crescia à margem da estrada, *É plantação de quê, pai?*, e ele respondeu, *De cana*. Aí eu disse, *Pensei que era de milho, igual à nossa carga*, ele abriu um sorriso e falou, *Essa viagem veio em boa hora, filho, peguei o frete direto da cooperativa, vamos ganhar mais dessa vez*, e prosseguiu, *Com o lucro, vou comprar um vestido pra sua mãe*, e acelerou o Scania, deixando a subida pra trás. *Também vou reformar esses estofados do caminhão*, ele disse, e bateu no assento, *Estão um bagaço, olha, não tem mais onde remendar*, e deu uma cusparada pela janela. Às vezes, eu ia com ele até o cerealista e, enquanto o pai negociava no escritório, eu escalava os sacos de cereal empilhados no armazém e via lá de cima os peões sem camisa, indo e vindo, suados, com uns trapos na cabeça pra acomodar melhor a carga. Eu gostava de furar a sacaria pra descobrir o que tinha lá dentro, mastigava os grãos de arroz, comia o amendoim cru, roía os feijões até que se partissem e então os cuspia como uma metralhadora. Depois, o pai ia conversar com os peões, contava umas anedotas pra eles, ajudava-os a ajeitar os sacos na cabeça e, muitas vezes, pagava-lhes um trago de pinga no boteco ao lado. *Olha lá, filho*, ele disse, apontando as casas que cintilavam à nossa frente, *Já passamos de Porto Ferreira*, e eu fiquei pensando nas pessoas que moravam ali, cada uma às voltas com sua vida, sem imaginar que um Scania passava na estrada e nele estava eu e o pai, e me espantei de pensar essa grandeza, mais do que ver as chaminés das indústrias vomitando fumaça e encortinando o céu nas cercanias da cidade. Aí o pai disse, *Você não está com fome, não?*, eu bocejei e falei, *Um pouco*, e ele, *Vamos dar uma paradinha no próximo posto, você come alguma coisa e aproveitamos pra dar uma mijada, depois só em São Paulo...* Vencemos uma longa curva e, em seguida, vimos uma placa amarela, com uma concha vermelha ao centro, e ele falou, *É um posto Shell*, reduziu a marcha e foi entrando, indo estacionar num local reservado aos caminhões. Descemos, o pai trancou as portas do Scania e nem olhou pra trás, interessado nos outros brutos ali parados, e os examinou com admiração, como se passasse em revista uma tropa, cumprimentando um e outro caminhoneiro que ele nem conhecia, sua grande mão em minhas costas, conduzindo-me, suavemente. Uma multidão se aglomerava à porta do restaurante, passageiros do Cometa, moças de minissaia, capiaus metidos em botas e chapéus, motoqueiros em calças justas e capacetes, crianças chupando sorvetes, todos ao redor de umas gaiolas grandes e imundas nas quais rosnavam uns filhotes de cachorros à venda. O pai foi ao banheiro, e eu fiquei ali, à sua espera, ouvindo pedaços de conversas e o barulho dos veículos passando pela estrada em alta velocidade. Uns meninos saíram do restaurante, encostaram à porta de um jipe e ficaram me encarando. Um deles chamou a atenção dos outros, apontando pro meu tênis velho, e todos riram. Encolhi-me, como se desejasse me enfiar numa concha, a concha vermelha que resplandecia ao sol na placa do posto. Mas permaneci ali, firme, alheio à algazarra dos viajantes junto às gaiolas dos cães. O pai apareceu, sorrindo, os tufos de pelo do peito saindo pela camisa aberta e, ao me ver, perguntou, desconfiado, *Que cara é essa?*, eu falei, *A minha, uai*, ele insistiu, *Aconteceu alguma coisa?*, eu disse, *Não*, e ele, *Você deve estar tonto pelas horas de viagem, não é fácil cruzar tanta estrada na cabine de um bruto*, não, eu disse, *É, estou meio enjoado*, e ele, *Vamos tomar alguma coisa*. Lá dentro, o pai pediu café com leite pra ele e guaraná pra mim, depois comprou um pacote de biscoito de polvilho e uma garrafa de água. No caixa, encontrou um conhecido que o ajudara uma vez numa noite chuvosa, e se alegrou em me apresentar ao homem, pressionando meus ombros com firmeza, como se eu pudesse levitar, e, enquanto o amigo dele me estudava e dizia, *Que garotão, hein!*, eu olhava pelo vidro os meninos lá fora me fazendo careta e apontando para meus pés. Retornamos à estrada, o pai sintonizou uma estação de rádio e, então, repetindo, feliz, que o dinheiro daquela viagem seria usado pra fazer umas compras, ele perguntou, *Já escolheu o que você vai querer?* Eu respondi, de supetão, *Um tênis novo*, e virei o rosto, mirando o gado que pastava nos campos por onde passávamos, como se tivesse pedido algo maior do que ele pudesse me dar, e me envergonhasse pela minha ambição. O pai disse, *Deixa eu ver o seu*, inclinou-se pro meu lado, olhou e disse, *É, esse está ruim mesmo, vamos comprar um novo*, e sorriu, voltando-se pra estrada. Passamos por mais uma cidade, o sol já ardia em minhas pernas, faiscando no capô dos carros que nos ultrapassavam, e o verde das plantações, ora escuro, ora claro, vibrava dos dois lados da rodovia. No rádio tocavam umas músicas alegres, que o pai acompanhava, cantarolando, e depois vieram as notícias de futebol, eu tão satisfeito em estar ao lado dele que quase nem sentia meu coração e todas as coisas que eu via, as montanhas, as nuvens deslizantes no céu, as árvores bailando ao vento, pareciam me pertencer, porque, me entregando daquele jeito a elas, eu poderia tê-las novamente na memória, a qualquer instante. Então, o pai viu uma placa e falou, *Já-já temos que parar na balança e fazer a pesagem*, e, não tardou, surgiu uma saída paralela onde uma fila de caminhões esperava a sua vez de pesar. *Puta merda*, o pai disse, *A coisa está feia por aqui, vamos perder um tempão...* Desligou o Scania e abriu o pacote de biscoito de polvilho. Eu contei os brutos e falei, *Tem treze na nossa frente*, e o pai, roendo um biscoito, disse, animado, *É meu número da sorte, vamos chegar lá rapidinho*. Fiquei observando os carros passando, velozes, na rodovia, o sol ricocheteando nas latarias, o rumor dos motores zunindo. Os caminhoneiros haviam descido pra esticar as pernas e conversavam numa rodinha. *Vou descer, quer vir comigo?*, o pai falou, *Não*, eu falei, *Vou ficar aqui*. Ele abriu a porta, saltou, misturou-se aos motoristas, como se já os conhecesse há anos. Aos poucos, a fila foi avançando. E a cada vez que se movia, o pai voltava ao caminhão, conduzia-o por uns metros, desligava o motor, *Vamos descer?*, perguntava-me, *Não*, eu respondia, e então ele se metia novamente na roda. Da cabine, eu podia vê-lo oferecendo cigarro aos homens, rindo, descontraído, e cuspindo no asfalto ardente. Até que chegou a nossa vez de ocupar a balança, e o pai foi estacionando devagar sobre a chapa de metal que brilhava no chão. Um guarda de óculos escuros indicou a posição em que ele deveria parar o caminhão e disse, *Pode desligar*. Outro guarda, que fazia a pesagem dentro de uma guarita, veio em nossa direção. *Tem tantos quilos a mais*, disse ele, *não posso liberar a carga*. O pai, surpreso, falou, *Como?* O guarda repetiu, *Estacione ali no pátio, o senhor vai ter de esperar*. O pai falou, *Não é possível, tem tantos sacos de milho, cada saco pesa sessenta quilos, mais a tara do caminhão…* *Estacione ali*, repetiu o guarda. O pai obedeceu a ordem e falou baixinho, *Estão querendo dinheiro…* O outro guarda se acercou da cabine, *Posso ver os documentos e a nota da mercadoria? Claro*, respondeu o pai, pegou os papéis dentro de sua capanga e disse, *Seu guarda, estamos carregando tantos sacos de milho, cada saco pesa sessenta quilos, mais a tara do caminhão, dá um total de*... O homem o interrompeu, bruscamente, dizendo, *A multa é tanto. E o veículo vai ficar retido aqui.* O pai falou, *E se eu descarregar uns dez sacos? Pode ficar pra vocês, é milho dos bons*... O guarda pegou o bloco de multas, ia preencher e respondeu, *Aqui não é depósito, o que vamos fazer com dez sacos de milho?* E continuou, *Posso ver a sua carta de habilitação?* O pai suspirou, enfiou a mão na capanga, tirou quase todo o dinheiro que tinha, colocou no meio da carta e entregou-a ao guarda. *O senhor aguarde um instante,* disse ele, e foi se juntar ao outro na guarita. O pai ficou calado, o olhar perdido na estrada onde os veículos passavam sem parar. Olhei o pé de coelho imóvel e, além dele, os caminhões manobrando pra chegar ao local da pesagem. O policial voltou, devolveu os documentos e disse, *Pode seguir.* O pai girou a chave na ignição, o motor do bruto trovejou, fomos saindo devagarinho. Quando passamos da guarita, os guardas acenaram pra ele e riram. Acomodei-me melhor no banco, fingindo que estava tudo bem. Com o rabo dos olhos, vi que o vento agitava seus cabelos e continuei em silêncio, olhando meu tênis velho. Senti o coração pesado, não por mim, nem pelo vestido da mãe, nem pelos estofados do Scania. Mas pelo pai, só por ele. Depois ergui a cabeça, o asfalto parecia uma cobra negra, estalando ao sol. E ainda tínhamos o dia inteiro pela frente.

ALÉM DOS TRILHOS

Uma casa popular, em meio a outras, quase todas iguais, esquecíveis, não fosse por saber quem nela vivia, lá, do outro lado da linha férrea: a menina, aérea, com seus brinquedos, como um coração levitando sob uma blusa. Bastava ouvir o apito do trem e ela se grudava à janela, a vê-lo se encompridar na paisagem, fumoso, atravessando seu olhar. Para onde iria?, a menina se perguntava, resistindo, ao menos por uns minutos, a voltar para o que sabia, para o que era antes de ele passar, para o que não a amedrontava. O trem seguia além, mas onde seu fim?, as gentes desembarcando, ao encontro de suas vidas de sempre, ou de dali para frente? A menina, emoldurada, vendo o que só seus olhos podiam alcançar, vista por quem ela nem via, e, no entanto, alheia a si, pelo muito enxergar os outros, despercebida que a vida, também àquela hora, levava-a em direção à mulher que a aguardava – sua foz futura.

A família mudara-se para ali havia poucos dias, a cidade só o pai a conhecia, para lá da linha férrea, onde ele se entregava ao trabalho, enquanto a mãe à casa e a menina a ela mesma, a menina a seus assombros e a suas asas – que ela nem imaginava serviam para sobrevoar abismos. Porque era um tudo novo, que seu olhar, invertebrado como a água, se enfiava, querendo sorver, ela flor aberta para as descobertas, a vida mudando fora de seu alcance e dentro de seu corpo. A menina imóvel, à janela, como numa fotografia, a distrair-se, que não era senão seu jeito de sair do ao redor e encontrar-se consigo, enquanto vigiava a distância e colhia o inédito: o rosto e o rumor dos vizinhos nos quintais, o azul e o silêncio do céu, o sol vagando pelos trilhos, faiscantes e ameaçadores. A mãe e o pai a haviam proibido de se afastar de casa, e, jamais, aproximar-se da linha férrea, ali o perigo era dos grandes, o horário dos trens enganava, às vezes passavam quando não deviam, às vezes na hora anunciada nenhum sinal de que viriam. Logo que chegaram ao bairro, haviam ouvido das pessoas, umas com quem tinham desfiado prosa, a história de outras, ceifadas pelas rodas dos trens: um bêbado, um casal de velhos, uma lavadeira, umas beatas em romaria, um mendigo, e o mais doloroso, cravado como brasa na memória de todos – as duas crianças, filhas de pais zelosos, só descuido de um instante e, para sempre, as vidas cortadas em início.

Então, a menina distante daquela fronteira, os trilhos, agarrada a seu medo – como as raízes da árvore à terra no fundo do quintal –, quieta naquela casa, entre tantas outras, já entregue ao exercício feminino de gerar, embora, por ser quem era, gerava tão somente sonhos, treinando para um dia engendrar vidas, e, assim, ia progredindo, sem nem saber que fabricava dentro de seus escuros um clarão – o seu ser de amanhã. Mas era o amanhã de anos, lá nas lonjuras. Queria o amanhã de dias e, por sorte, ele foi anunciado pelo pai, ao chegar, naquele entardecer, *Domingo, vou levar você na cidade*, e ela, surpresa, *Vai mesmo?*, e ele, *Vamos*, e ela, saltitante em seu encalço, *E o que a gente vai fazer lá, pai?*, e ele, *Passear, não é o que você quer?*, e ela, tão grande agora, tão maior na sua pequenez, nem tinha mais nada a dizer, era matéria pura de esperança. Mas foi silêncio de instante, queria saber mais, ter logo nas mãos a prenda que lhe ofereciam, nos olhos o retrato vivo da cidade, pois dali, da periferia, sem vê-la de seu próprio miolo, só da janela, lá toda esparramada, ainda não se sentia nela, era apenas a menina de cá dos trilhos, e havia dias que se esvaziava do povoado de onde viera, embora não daquilo que vivera, e, por isso, sentia arder um vazio na alma, como o espaço entre os dormentes. Foi atrás do pai, e, na sua timidez, a cabeça erguida, mirando-o de baixo para cima, ousou perguntar, *E a escola, pai?*, e ele, *Vou te levar pra conhecer*, e ela, sorrindo só para si, derramou outra pergunta, *E a igreja de lá, é bonita, pai?*, e ele,

Não entrei ainda, mas por fora é uma beleza, e ela, *E a pracinha?*, e ele, *É uma graça, você vai gostar,* e ela, *E o que mais, pai?*, e ele, *Tem também o prédio da prefeitura, dá gosto de ver, e o do mercado municipal...* E, antes de ir ao banho, o pai, para esticar a curiosidade dela, emendou, *E tem um cinema, a gente podia ir na matinê, o que você acha?* A menina emudeceu com a notícia, de tão imensa para ela, o coração cutucando o peito, e disse sim só com a cabeça, que uma palavra ali quebraria o cristal do instante, o convite para ela já se transformava em promessa.

Era aquilo. De repente, o pai chegara, e com ele mais do que ela podia abraçar... Foi lá rodear a mãe, descrente da dádiva que lhe fora anunciada, *Será que o pai me leva mesmo na matinê, mãe?*, e a aflição de ser só um sonho o que ouvira, *Leva sim, filha, ele não prometeu?*, e ela ali, inerte feito uma árvore, mas vagando, num voo passarinho, querendo pousar nesse amanhã. E, então, o apito distante de um trem a fez regressar ao seu agora. Não podia vencer o tempo, teria de sofrer a espera, e só então enfrentar a travessia dos dias, e a dos trilhos.

A notícia da visita à cidade para conhecê-la, ruas e casas abertas ao seu olhar, embora longe de serem íntimas – a primeira vez que se vê algo, se vê com o desejo de conhecer seu todo um dia, já que não se pode tê-lo por inteiro, assim, de saída –, e a expectativa de assistir a um filme no cinema desencadearam na menina um alvoroço, um ganho que parecia inundar sua vida. Tanto que ela, nessa noite, foi e voltou muitas vezes de seu quarto à porta da casa, onde o pai e a mãe haviam colocado cadeiras e, sentados, conversavam em voz baixa, observando aquela imensidão de céu estrelado, ela, irrequieta, querendo se certificar de que lhe seria dado o prometido e, simultaneamente, evitando perguntar a ele, *Vamos mesmo, pai?*, com receio de que o seu excessivo interesse pudesse comprometer a sua felicidade. Só precisava de paciência, para se encontrar, na hora marcada, com a outra que ela seria e já a esperava, adiante, na cidade. Mas era ainda aprendiz, não conseguia dominar a ansiedade, que a arrastava, como um peso. Daí porque, nesse seu vaivém, a mãe a notou e perguntou, *O que foi, filha?*, e ela, rápida, respondeu, *Nada*, e sentou-se na soleira da porta, ao lado do pai, simulando uma calma que logo se revelou falsa, pois um minuto depois se ergueu, caminhou até o portão, mirou as casas vizinhas, o cachorro que atravessava a rua, o homem que sumia na escuridão em sua bicicleta, rumo à linha férrea. Voltou à porta, e, de repente, não como um agrado, mas como se prévia gratidão pelo que o pai lhe daria, atirou-se ao pescoço dele. E, mal sentiu seu movimento de abrir os braços para acolhê-la, já se afastou, correndo para dentro de casa, onde poderia estar a sós, consigo mesma, doída dele.

Demorou para dormir, imersa no escuro do quarto e noutro, ainda maior, que suas pálpebras, coladas, criavam para não ver senão o porvir, impedindo a invasão do real, do instante então, para assim reter o vindouro, que ela produzia: a escola onde haveria de estudar em breve, a sua imaginação arquitetando o que não existia com referências do que existia, mas também com umas diferenças que ela ia lhe pondo, como se testasse roupas em uma boneca, aqui um pátio comprido, lá um gramado, ao fundo do corredor a sala de aula. A igreja, na certa maior que as outras por seus olhos apreendidas, bonita por fora, como o pai dissera, o campanário ao alto da torre, os sinos badalando, a cruz a espetar o céu, e, dentro, no altar-mor, Cristo de braços estendidos como um pássaro pronto para o voo. Ah, e ainda tinha o cinema... O cinema, como seria? Que filme veria? O desejo se projetava na tela em tumulto de seu pensamento. E os novos amigos, como se chamariam? Que rosto teriam? E o padre? E as gentes pelas ruas, a avenida principal, a pracinha, o mercado, o prédio da prefeitura? A cidade, além dos trilhos, era tanta, não podia vigorar inteira nela. E, por ser tão menos, a menina, exausta, entregou-se, enfim, à cidade imaginária, que a recebeu em sono.

Nos dois outros dias, foi quase tudo o mesmo, desde o sol à lua. A menina inventava e desinventava como seria o passeio com o pai, desenhava cenas, apagava-as, querendo e desquerendo que chegasse logo àquela hora, sonhando com a ventura que a esperava e, entretanto, aflita, com a sua proximidade. Daí porque, às vezes, metia-se com seus brinquedos, e se esquecia, total, de que se acercava a cada minuto daquele tão almejado encontro. Era a sua vontade que descarrilava por uns momentos – e logo deslizava, novamente, no curso de suas fantasias –, preservando-a, para que pudesse suportar a grandeza iminente. Aí se punha à beira da mãe, sentindo o bem que vinha e o mal de talvez não tê-lo, desconfiada da força que nela trabalhava para manter a esperança. Assim, só e silenciosa, a contradizer sua condição criança, de ruídos e companhias, a menina despertou na mãe a menina que havia nela, mãe, e há tanto se ocultava, e, de súbito, as duas, menina-filha e menina-mãe, se reconheceram, ambas enraizadas naquele momento de comunhão, que, tanto quanto outros, já se escoava, uma a tocar a que surgia dentro da outra, com suavidade. Então, a mãe, sábia, disse, *Vamos separar uma roupa bem bonita pra você ir amanhã na cidade*, e a menina sorriu, de volta à sua confiança, sendo unicamente uma menina que o mundo ignorava, mas que se envaidecia de quem estava prestes a ser, de cumprir seu diminuto destino.

Brotou o domingo, e ela latejava dúvidas. O sol inundava de luz a periferia – casas além e aquém da linha férrea, ruas ruentas e mudas, quintais apassarinhados e desertos. Em contraste, a manhã se arrastava num vagar maldoso. Veio, enfim, a hora do almoço e a família se reuniu à mesa. A menina não comeu bem, apesar de a mãe ter feito seu prato favorito, arroz de forno e frango assado, deu lá umas garfadas, ciscou, espalhou a comida de um jeito que parecesse restar menos do que realmente deixara, procurando não chamar a atenção para si, uma fome mais intensa doía em seu espírito, e era essa que ela queria saciar até o último grão. Depois, teve ainda de ajudar a mãe com a louça suja, enquanto o pai dava um cochilo no sofá. Vez por outra, ia vê-lo, farejar se já despertara, e ele hirto, só o ventre subindo e descendo, a comunicar que ali havia vida – o pai, a ponte que, em minutos, a levaria ao contentamento.

O tempo se exauria e a menina era o minuto antes da explosão, que tanto desejava e não vinha. Afligiu-se, foi perguntar à mãe, *O pai não vai acordar, não?* A mãe a acalmou, *Já-já ele acorda e vocês vão.* Mas ela se sentia à margem do rio, sem poder molhar as mãos na água, tão longe da cidade que a aguardava. Será que o pai não sabia que para ela doloria tanto a espera? Então, o apito de um trem feriu a quietude da tarde, e a menina correu à janela para ver. Viu-o, inteiro, da locomotiva ao último vagão, até sumir no nada da paisagem. E lá ficou a imaginar-se, adiante, atravessando a linha férrea.

Quando deu por si, o pai estava em pé na sala, pronto, *Vamos, vamos*, e a instava a se despedir da mãe. Atarefada a semana inteira, tendo a filha à sua saia de manhã à noite, a mãe havia preferido ficar para descansar, ter um pouco de si própria e, depois, prosear na casa de uma vizinha com quem simpatizara. Também tinha outro motivo, maior:

queria que o marido e a menina, em geral tão separados, se entregassem, plenamente, vivendo juntos aquela tarde, só os dois, um a transbordar-se no outro, as linhas de suas vidas se misturando.

E, assim, foram, o pai e a filha, pelas ruas que cortavam aquelas casas quase iguais, rumo aos trilhos. Do outro lado, ao longe, a cidade avultava, encharcada de sol. Seguiram em silêncio, saboreando o gosto do momento que, embora fosse o mesmo para ambos, sabia distinto a cada um. A menina quase flutuava, tão leve se sentia, e, se não se erguia de uma vez ao céu, feita um balão, era porque o braço do pai, que a enlaçava, pousado em seu ombro, pressionava-a para baixo, mantendo-a à terra.

Caminharam alguns metros, até saírem na estradinha de pedras que dava à frente da linha férrea. Quando se aproximaram, a menina estremeceu, veio-lhe uma ponta de medo, e ela estacou, o coração disparado. O pai percebeu seu dilema, escapou-lhe a pergunta óbvia, *O que foi, filha?*, e, já que ela nada respondia, só apurava os ouvidos para captar o ruído de um improvável trem, ele a encorajou, dizendo, *Pode vir, você está comigo, não tem perigo nenhum.* Ela hesitou; mas foi. Atravessou os trilhos, trêmula, mirando lá a cidade solar. Respirou com alívio, já do outro lado. Tão perto agora da pracinha, da escola onde estudaria, da igreja, do cinema. Que filme será que iria assistir? O desejo a inquietava. Lentamente, puxada como um vagão pelo pai, a menina sorriu. Estava ali, enfim, doendo de felicidade. Era uma dor boa, por ter, sem possuir, aquilo a qualquer hora que quisesse – a paisagem, o céu sobre sua cabeça, a cidade a seus pés. Ter não possuindo. Provar ali, para sempre, o que via. A menina de mãos dadas com o pai, de posse do instante, bebendo-o com toda a sua sede. Aquele tudo que ela sentia não era nada: só a vida, a vida, numa rara fração de alegria.

ALI

Era sábado e eles haviam acordado cedo. Uma expectativa silenciosa os movia, o encontro com a família a duzentos quilômetros da cidade onde residiam, algumas horas de viagem, cortando canaviais, montanhas, túneis, e, de repente, ao fim de uma vereda, *Olha, olha lá,* o sítio!

O homem, talvez porque iam à casa de seu irmão, experimentava uma alegria fresca, como o pão que sai do forno para a mesa. Modesto, no entanto, ele queria tudo daquela manhã: a rodovia (e suas curvas imprevisíveis), a paisagem (e o sol parado acima dela), o céu (e todo o seu muito azul), a mulher e o filho (seus amores em marcha), as conversas no caminho, as coisas lá de trás, *Você fechou todas as janelas?,* e as lá da frente, *Será que vai chover?,* enquanto a vida viajava neles, a cumprir também o seu destino.

No carro, o vento vinha para todos, entrando rumoroso pelos vidros abertos, e cada um erguia na imaginação, com a matéria-prima de seu desejo, as cores e as formas desse encontro: o homem se via ao lado do irmão, girando os espetos, de olho na carne que crestava acima do carvão; a mulher, entre as mulheres, se punha a falar de seu fruto bendito e a ouvir a façanha do filho das outras; e o menino, o menino, quem sabe o que ele pensava? Pensava no primo e em seu cachorro com quem sempre se divertia, pensava na água transparente da piscina, no pomar que, da última vez, descobrira ser um mundo de cheiros, tão gostoso apanhá--lo no ar.

E, ao mesmo tempo que pisavam, em devaneio, no futuro, para nele provar calmamente o que pensavam ser o seu gomo mais doce – a realidade depois confirmaria ou desmentiria seu sabor –, seguiam também ali, no presente de asfalto, em velocidade controlada, observando as margens da estrada, que eram o que eram, margens, se as observassem ou não. O que seria daquele trecho da rodovia sem eles? Para onde iria aquele sol, quando estivessem dormindo lá no sítio, o homem e a mulher em camas de solteiro encostadas, o menino no alto do beliche? O que seria de tudo, que somente existia, sem a presença humana?

Por vezes, sentiam, o homem mais do que todos – com as mãos no volante, a dirigir, naquele trecho, a sua vida e a deles –, que o tempo escorria ora lento, os quilômetros se repetindo (assim é quando se tem pressa de viver o que inevitavelmente virá), ora rápido, *Tá vendo, filho?*, *É outra cidade!*, tudo passando num segundo, e eles querendo esticá-lo, como elástico.

E nesse ritmo, na variável percepção do movimento, eis que dele se contagiava o coração, compassivo, de um a um, até que, súbito, o sobressalto da alegria eclodiu enfim numa palavra, *Chegamos!* sem revelar, no entanto, a contundência de sua força – no sorriso dos três é que a encontramos.

Com seus latidos, e girando o rabo como hélice, lá vem o cachorro, o primeiro a lhes dar boas--vindas. Atrás, o garoto saltitante a acenar para o primo, que lhe responde, também efusivo, a mão para fora do vidro, a felicidade lá dentro, segura. Os tios saem da casa, a satisfação no jeito de observar o carro que estaciona sob a sombra do ipê, tentando distinguir em seu interior quem é quem, seus parentes.

Vieram os abraços, os beijos, contidos, é verdade, eles se gostam sem exibições ostensivas de afeto, preferem o quieto contato das almas, e então ouviu-se um *oi*, outro, e outro, depois muitos *como vai?*, igualmente muitos *tudo bem!*, e vários *venham, venham, entrem!* Assim, na naturalidade dos reencontros, no exato minuto em que se concretizam, ainda sob a emoção de outra vez se depararem uns com os outros, foram se adaptando à nova pele do presente: os meninos já caminhavam pelo gramado, em progressivo reconhecimento, o cachorro a se entremear pelos seus passos, os adultos na mescla das falas, *Fizeram boa viagem?, Fizemos; Que flores lindas!, São daqui mesmo, daquele canteiro ali; Quem quer café?, Eu quero, Eu também, Açúcar ou adoçante?, Adoçante, Açúcar; O quarto tá arrumado, é o mesmo que vocês dormiram da outra vez; Vou pegar as malas, Eu te ajudo, Não precisa, Precisa sim; O sítio tá mais bonito!, É a primavera*, os donos lá orgulhosos de seu quinhão de natureza, os visitantes louvando a sua conquista e já usufruindo dela, na sua primeira camada, a suave superfície.

As mulheres continuaram na cozinha, a contar uma à outra as suas novidades, às vezes por cima, às vezes descendo a detalhes, era o que a vida das duas pedia, nada de grande como o primeiro amor, uma gravidez, a morte de alguém. Os homens preferiram se sentar nas cadeiras de vime da varanda, onde o verde se exagerava nos vasos pelo chão ou suspensos na parede e, ao redor, os eucaliptos deixavam espaços, para se ver, entre eles, de um lado a piscina azul azul, e do outro o vale oscilante a se desdobrar longamente. De um irmão para o outro voavam uns assuntos comuns, *Como andam as coisas?, E os negócios?*, degraus para se chegar àquilo que não sabiam verbalizar, mas apenas sentir calados. E esse ir e vir de palavras, dos dois, repetia o dos pássaros lá, em zigue-zague pelas árvores, rabiscando com a sua penugem colorida os vazios entre os galhos e voejando alto com seus desejos de céu.

Mas, se ali estavam, os pés na terra, no leve da conversa, logo seria a vez dos acontecimentos, porque próprios são da existência, as coisas são para acontecer... O primeiro fato – que moveria outras palavras – veio com os dois meninos, eles emergindo do pomar, falantes, reacostumados um ao outro, mais rápidos na aproximação e na entrega que os pais, mesmo sendo esses muito irmãos, *A gente pode nadar?, Pode, mas agora?, É!, Não é cedo demais, não?, Não!, Tudo bem, podem ir! Mas passem o protetor antes, hein!*

Assim, de repente, um grito alegre, outro, mais forte, o menino e o primo correndo, ambos à beira do salto, mas já inteiramente dentro da alegria, e aí, quase simultâneos, dois chuás na piscina – e no olhar dos adultos, que vieram vê-los de perto e se respingaram de satisfação, eles sorriam também, entreolhando-se, os homens primeiro, e depois as mulheres, que saíram às pressas da cozinha atrás dos filhos, por um bom motivo dessa vez – crianças na água!

Outros gritos dos meninos, outros pulos na piscina espalharam uns comentários entre os adultos sobre as virtudes de seus pequenos, *Ele adora nadar, parece um peixinho, O meu também, se eu deixar passa o dia inteiro na piscina*, e as maravilhas da infância, nas quais, havia tempo, também tinham se molhado. As árvores, ao lado, e o céu, às alturas, os assistiam, sendo árvores e céu a existir unicamente, sem testemunhas.

Aí, veio vindo, ao longe, pela estrada de terra, o segundo fato, que logo estacionou em frente da casa, um velho amigo em sua caminhonete, ele e a esposa, sem filho algum, que jamais poderiam ter por um problema dela – cada um com seu corpo e, nele, a sua cota de sorte e azar. E, antes mesmo de se abraçarem, todos se saudaram, a buzina soou duas vezes lá perto do portão, uns acenos silenciosos responderam daqui, varanda da casa.

Com a chegada dos últimos convidados, o pequeno grupo estava completo, era hora de preparar o almoço. Os homens, reunidos, foram para o rancho, um a temperar a carne, outro a acender a churrasqueira, o terceiro já pegava na geladeira para si e para os demais uma cerveja, os meninos brincavam com a bola no raso da piscina, o cachorro latia para eles e raboabanava-se, feliz. No fundo da casa, as mulheres cuidavam dos complementos, essa lavava as folhas verdes para a salada, aquela fazia o molho vinagrete, a terceira controlava o arroz ao fogo, logo iriam se juntar aos maridos, também eles no desfrute daquele sábado de sol, de reencontro, de simples existência. A vida, despercebida, no seu fluir.

Não tardou, juntaram-se à sombra do rancho, elas de biquínis, eles de sunga, refrescando-se com os seus drinques à mão, ora um homem a pular na água e a se lembrar que também fora garoto, *Iuuupi!*, ora alguma mulher a comentar com as outras o último capítulo da novela, *Li na revista que ele vai morrer num acidente, Parece que já gravaram as cenas, Se o personagem tá com pouco ibope, tiram logo de circulação*, e aí

98

a primeira rodada de carne, *Huumm, tá uma delícia, Pega, pega mais um pedaço*, o vaivém dos assuntos, cortado aqui por um sorriso, lá por um olhar, e o silêncio...

Em torno da mesa abundante, conversavam e comiam – as crianças, pingando piscina, ali se encostavam, para beliscar o pão, ou pegar um copo de refrigerante –, todos em comunhão, esquecidos de outras fomes maiores, e o tempo, devagarzinho, macerando os minutos, a envelhecer o dia.

Outras bandejas de carne, fumegante, foram servidas, *Muito boa essa picanha, você tempera com quê?*, e a cerveja, *Ahhh, agora, sim, tá bem gelada!*, e, então, o encontro ia se abrindo, feito uma flor, o dono da casa falava animadamente com a mulher do amigo, o amigo entre os meninos experimentava a condição provisória de pai que almejava ser, o irmão secava a louça que a cunhada lavava, enquanto sua esposa nadava solitária – e, de repente, já saía da água, como Vênus, o corpo bonito se remodelando aos olhos do amigo.

Continuaram naquele regozijo, que era bom estar entre pessoas queridas, sendo quem se é, no seu conjunto de vícios e virtudes, tanto os menores quanto os maiores, sem precisar dizer uns aos outros que se aceitavam, se compreendiam, se perdoavam.

E na escrita de dias assim, de horas compartilhadas, chegaram ao ponto em que, invariavelmente, se dá uma dispersão: as crianças sumiram dentro da casa, o cachorro se espichou num canto, um dos homens voltou à churrasqueira para vigiar os espetos e lá permaneceu, quieto e distante dos demais, uma mulher desapareceu e retornou um minuto depois com um pote de sorvete, e aí, outra vez, eles se agruparam sob o rancho, a sobremesa os atraiu, outras conversas vieram, e, dali a pouco, acima delas, eis que pairaram umas nuvens.

Falaram das dificuldades financeiras, *Os juros subiram de novo*, o que é normal nesses e em outros tempos, de umas artes dos meninos, sempre a surpreender os pais com suas perguntas, *Mãe, o que as árvores fazem à noite?*, de umas reminiscências entre os amigos, *Lembra daquele carnaval?*, que iriam ganhar outras versões, mais ou menos fiéis à verdade – a memória reescreve os episódios com imprecisão. Falaram também de umas injustiças, uns temores, uns dramas alheios que abafavam, por um momento, os seus próprios. A vida, um aprender sobre si com os outros. Dividir aqueles momentos miúdos era, enfim, tudo o que tinham. E eles estavam tão entregues, que nem sentiam o quanto doía estarem vivos.

Assaram mais carne, comeram e seguiram por assuntos amenos, sem exigir nada um do outro, sem nenhuma urgência à vista. O homem, embalado pelo cansaço da viagem e a comida farta, deitou-se numa espreguiçadeira e adormeceu. O irmão e o amigo entraram na piscina com latas de cerveja na mão, e permaneceram no raso, junto aos meninos, bebericando ao sol. As mulheres estenderam toalhas no chão e ficaram a se bronzear, os maridos lá na água – e na conversa delas.

O homem despertou, de repente, com as risadas dos meninos. Sentou-se, esfregando os olhos, para ver de novo o mundo, inteiro no seu real. E, então, como se experimentasse um estado de predescoberta, que em breve se expandiria, plena, ele sentiu que todos, ali, não apenas existiam naquele instante, mas eram, distraídos, as suas próprias vidas, umas diante das outras. E ele não queria fazer a descoberta, queria só vivê-la, vendo o que via – a sua mulher e o seu filho misturando a sua existência a dos outros; o irmão e a cunhada, generosos, com seu menino e seu cachorro; o amigo e a esposa, uma alegria revê-los, assim como as árvores ao vento e o sol cercado de céu. Ele só queria ver e sentir, sentir aquele silêncio que ecoava dentro dele, no único lugar que desejava estar, um lugar sem antes e sem depois: ali.

JANELAS

Irmão e irmã. Eram. Na mesma cidade moravam, mas como se não, como se em países longínquos. Pouco se viam, frente a frente, olhos fugindo dos olhos, braços que mal se tocavam e já se afastavam, embora cada um, em seu canto, estivesse sempre a reconstruir a face do outro nos desvãos da memória. De repente, desprendendo-se das tarefas mundanas, lembravam-se do quanto se queriam, e então se viam, trêmulos, um dentro do outro, como nuvem a se mover num espelho líquido. Mas nem ele nem ela, ao se reencontrarem, diriam, *Pensei em você, outro dia,* ou, *Lembrei-me de quando éramos crianças,* ou, *Por que não nos vemos mais vezes?,* e, ainda menos, na hora da despedida, mesmo contra a ordem de seus silêncios, ela diria, *Fiquei feliz em ver você,* e ele, *Nem me dei conta de que se passaram tantos anos, desde que brincávamos à sombra das videiras.* Talvez porque se constrangessem em dizer o que sentiam e, uma vez expulsos da infância, sabiam que seus olhares e gestos já o diziam, pleonasmo seria usar as palavras, apesar de que tantas vezes gostariam de ter sido repetitivos e não o haviam conseguido. Melhor assim, não dizer nada, ou dizer tudo, como disfarçadamente o faziam, contando os fatos mais corriqueiros, as miudezas de suas vidas, as prosaicas atitudes tomadas diante desse ou daquele acontecimento. De forma que ao dizer, *Mudou tanto a sua rua desde a última vez que estive aqui,* ele estava em verdade dizendo, *Nada há de abalar o meu afeto por você,* e ela entendia cada palavra dessa linguagem, porque também a usava, e se acaso comentasse, *Está tão quente hoje,* estaria por sua vez dizendo, *Que bom podermos partilhar desse momento em harmonia.*

Eis que, nessa tarde de sábado, ele sentiu vontade de vê-la, e achou que não deveria telefonar para avisá-la, como o fazia sempre; corria o risco, sim, de não a encontrar em casa, mas o efeito da surpresa, se ela estivesse lá, compensaria. Assim o fizera em tantas ocasiões, quando menino, de súbito, aparecia às costas dela, garota distraída, e dava-lhe um susto, saindo, em seguida, às carreiras para fugir dos objetos que ela lhe atirava antes de perceber, aliviada, que era apenas uma brincadeira.

Meteu-se num ônibus cuja linha ia dar no bairro onde a irmã morava, distância tão longa se fosse dia de semana, mas, por ser sábado, não demorou mais de uma hora para percorrê-la, o olhar aos poucos se esvaziando dos prédios do caminho e enchendo-se, como uma bilha d'água, das casinhas típicas da periferia, sem garagens e jardins, a porta a dar na rua, as paredes descascadas, o telhado lodoso, os raios de sol ricocheteando nas antenas de TV. E, se do lado de fora a paisagem urbana mudava, alma adentro ele mantinha a confiança de que seria um encontro alegre, há muito que as margens de um não tocavam as do outro, embora sempre que se falavam ao telefone, soubessem, pelo timbre de voz, quando as palavras ditas, até mesmo de maneira casual, eram em letras maiúsculas, em itálico, ou entre aspas.

Logo chegou ao ponto final, desceu do ônibus e seguiu em direção à casa da irmã. Ia de mãos vazias, nem se lembrara de comprar algo para agradá-la, uma garrafa daquele vinho que ela apreciava, uma caixa de confeitos, um pão de torresmo, não tinha nada a oferecer-lhe senão a sua própria presença viva. Caminhou pela rua estreita, passando por entre uns meninos que jogavam futebol com uma bola furada e nem se importavam, eram só sorrisos, tanto que teve desejo de ficar ali um minuto a vê-los se divertindo, mas deixou-os para trás como tantas outras coisas que um dia o haviam atraído e não pudera dar-se a elas. As rédeas da responsabilidade o puxaram, e tão bom era às vezes desobedecê-las, sair a galope, no lombo do instante, permitir-se ir aonde a vontade queria, como o fazia àquela hora, rumo à casa da irmã.

Enfiou-se por umas vielas, atravessou-as, virou uma esquina e alcançou a rua onde ela morava. Bateu à porta uma vez, outra, e, na terceira, ouviu-lhe a voz, *Já vai, só um minuto*. Devia estar lá com seus afazeres da escola, a jornada para os professores ultrapassava as horas de aula, invadia as de lazer, as de sossego, tal qual uma avalanche. E, de fato, ao ouvir que batiam, ela tirou os óculos, colocou-os sobre a mesa entre os diários de classe, levantou-se sem pressa, tão solitárias eram suas tardes, nem imaginava quem poderia ser, talvez a vizinha a lhe pedir uma xícara de açúcar, uma caixa de fósforo. E, como pelo olho mágico não via com nitidez lá fora, foi direto à chave, girou-a, depois a maçaneta, e abriu a porta, assim, despreparada.

Estremeceu ao dar com o irmão ali, aureolado de sol, o semblante sereno, um sorriso a lhe escapar dos lábios, surpresa tanto quanto em menina, mas agora sem ter o que atirar nele senão o seu espanto. *Você, aqui!*, foi o que lhe saiu, *Pois é*, ele disse, *Vim pra te ver*, e ela, então, tentando se recompor, *Entre, entre*, e, uma vez na sala, deram-se um beijo no rosto, assim sempre o faziam, cada um logo recolheu seu corpo, como se fosse proibido avançarem num abraço, ou tocarem-se carinhosamente. Sentaram-se no sofá de tecido florido, fora de moda, de onde ele viu os papéis sobre a mesa e perguntou, *Estava preparando aula?*, ao que ela respondeu, *Não, corrigindo umas provas*, e ele, *Não vou te atrapalhar, vou?*, e ela, mentindo, *Claro que não, já estou terminando*, quando, na realidade, apenas começara um trabalho que lhe roubaria o resto da tarde e, com a presença dele, se espicharia até a noite.

Embora fosse um encontro como outros, natural, o irmão notou que ela parecia pouco à vontade, perturbada com algo que ele não conseguira desvendar. Não que fosse risonha em excesso, tampouco casmurra, apesar de que os anos de magistério costumavam arrancar o viço dos mestres, mas sua expressão estava séria demais, como se um motivo oculto a impedisse de ser quem ela era. O irmão não demorou para constatar que lhe escondia algo. Como quem apanha uma fruta, cuidou primeiro de tirar-lhe a casca, daí para atingir o caroço seria uma questão de tempo, de saborear aos poucos a entrega, que poderia não ser doce, e perguntou, *Tudo bem?*, sinalizando já saber que ali pairava uma sombra, ao que ela imediatamente respondeu, *Tudo! Por quê?*, ciente de que certas frutas, de polpa úmida, são mais apetecíveis com casca e tudo, e ele, já sem pressa de receber o que em breve ela lhe entregaria, completou, *Por nada.* E a irmã, só por um segundo, para que ele se recuperasse do susto de descobrir, subitamente, que uma dor estava a caminho, e ela, por ter de estendê-la, ainda que contemporizasse, disse então, *Vinte anos de magistério cansam,* e ele, entrando no jogo, *Ainda bem que existe quem ensine a ler e escrever,* e ela, *Pois é,* cobrindo o colo com uma almofada, sem o que fazer com as mãos que, a cada gesto, lançavam no ar palavras da escrita que ele há muito aprendera a ler, tanto que, imitando-a, também pegou uma almofada, virou-a, desvirou-a, brincando com as letras desse alfabeto, até dizer por fim, *Que seria desse país sem vocês?*

Mas em vez de ela dizer, *Que bom que você veio, sou tão sozinha,* e ele, *O que você está me escondendo?,* deram para falar dos outros, era um subterfúgio, uma forma indireta de falarem de si, e ela perguntou, *E o menino?,* e o irmão, orgulhoso por ter alguém que, ao mirar, pudesse lhe revelar um traço de si, uma cor igual de olhos, um queixo similar, um segredo como a fruta verde que se confunde com a folha, respondeu, *Cada dia mais arteiro,* e ela, *Deve estar grande,* e ele, *Grande e forte,* e ela, *Por que você não o trouxe?,* e ele, *Aos sábados, joga bola com os amigos,* e ela, *É bom que goste de esportes,* e ele, *Da próxima vez, trago ele comigo,* e ela, *Deixa que aproveite, a infância passa tão rápido,* e ele, *É verdade,* mas a palavra infância como que lhe tirou uma venda dos olhos e, ao erguê-los, não viu a menina com quem passava tardes brincando à sombra das videiras, mas uma mulher com rugas despontando, uns cabelos brancos na raiz que nem a tintura ocultava, as sardas nas mãos, os lábios contraídos. Sobressaltou-se com a descoberta, um susto que a irmã lhe dava, tanto que ela, ao perceber, logo emendou, *Ele está indo bem na escola?,* e o irmão, ainda não refeito, respondeu, *Está,* e, esforçando-se para não mais comparar a menina que ela fora com a sua versão atual, disse, *Outro dia, veio falando que queria ser astronauta, ia fazer um foguete pra levar a mãe e eu até a Lua,* e, como se baixasse o escudo que, invisivelmente, protegia seu rosto, ela abriu um sorriso e comentou, *Crianças estão sempre nos surpreendendo,* e foi então que ele descobriu o que ela escondia: faltavam-lhe dois dentes da frente. Era o segundo susto que levava, embora não fosse difícil constatar que esse era semente do primeiro, e ambos frutos de um susto maior, o de sentir nas mãos a água de um rio que desce as corredeiras e que jamais tornará a tocar.

O olhar dele grudou no vazio sob o lábio superior dela, como se um boticão lhe apertasse a alma, como se a consciência do momento que passa o agulhasse, tanto que a irmã logo se deu conta de seu descuido, ainda o sorriso lhe pendia no rosto, e tratou de fechá-lo, envergonhada, tentando inutilmente dizer com as mãos que apertavam a almofada algo que não lhe saía em palavras. Mas ele conseguiu afastar o constrangimento que pairava, sólido, entre ambos, com uma simples pergunta, a única que ali cabia, a única a preencher o oco daqueles dentes, *O que aconteceu?* Ela respondeu, *Dois dentes trincaram, o dentista achou melhor tirar.* O irmão continuou a mirá-la, à procura de vestígios de mentira, mas só encontrou os da verdade, e perguntou, *Você não vai deixar assim, vai?* E ela, apressando-se, *Não, vou fazer um implante, ele colocou uns dentes provisórios, mas caíram quando fui almoçar.* O irmão exclamou, *Ah, bom, pensei que ia ficar assim!*, apesar de saber que, se a solução era boa para ela, não amenizava a aflição que ele sentia. E, suspeitando que o irmão estava diante de uma linha de sombras que teria de ultrapassar, ela disse, *Vou fazer um café pra nós,* e levantou-se, bruscamente, o sol da tarde aos seus pés, a gritaria dos meninos jogando futebol lá fora, o vento a mover a papelada sobre a mesa.

Ele ficou ali, inerte, a ouvir os ruídos que ela produzia na cozinha, o ranger da porta do armário, o tilintar da panela, o chiar da água dentro dela, o cicio do fósforo riscado. Colocou a almofada no sofá, já não precisava usá-la, o diálogo das mãos fora suspenso, agora eram os objetos da sala que atraíam a sua atenção e lhe contavam, em capítulos breves, uma história de solidão: os quadros eram há muito os mesmos, tristes, de paisagens comuns, uma marina, um arvoredo, um índio; as paredes, amareladas, descascando aqui e ali, a guardar os lamentos da irmã; os bibelôs sobre a cristaleira; umas fotos dela com uma turma de alunos; um extrato bancário sobre a mesinha, talvez a única correspondência que ela recebia; a pilha de provas à espera de seus olhos; o tapete sobre o qual ele viu os pés dela apontarem, de volta à sala, os dedos a escaparem da sandália barata. Mirou-a e logo desviou o olhar, pousando-o num vaso de plantas que cresciam tão vistosas e, inesperadamente, disse, *Estão lindas essas samambaias*, e, a irmã, quando notou que ele poderia atribuir tanta beleza aos cuidados dela, apressou-se a transferi-la para a própria natureza, *Ali bate sol e vem vento da janela, é uma estufa perfeita pra elas*, como se as samambaias, semoventes, tivessem experimentado todos os cantos da casa até escolherem aquele onde cresciam, escandalosamente, tanto quanto a sua imagem sem dois dentes crescia, faminta, na realidade dele. E ela, presa a um fio de pudor, disse, esforçando-se para esconder com a mão em concha a falha na boca, a gengiva obscena, *A água vai ferver, você não quer vir na cozinha?*, e ele se ergueu, pronto para segui-la, igual o faziam em criança, ela sempre à frente, arrastando-o.

As duas medidas do café esperavam pela água no coador, duas xícaras aguardavam sobre a mesa, uma com a borda lascada, mas que dali ele não podia perceber e que ela pegaria para si, a melhor deveria estar a serviço do irmão, não por ser visita, apenas uma forma de oferecer a ternura que suas mãos eram incapazes de comunicar aos cabelos dele. Então, observando a água na panela a borbulhar, ela perguntou sobre a cunhada, *A Rosa está bem?*, e ele, *Sim, está lá com muitas encomendas, todo fim de semana é aquele trabalhão*, e, se os olhos seguiam cada gesto da irmã, até o café ser colocado nas xícaras, e ambos se sentarem à mesa, um diante do outro, a mente se enredava numa teia cada vez maior de certezas, que a falta daqueles dois dentes inaugurara.

Aos poucos, sem que percebessem, puseram-se a falar do calor, do país, das crianças felizes lá fora, do espanto delas ao aprenderem as primeiras letras. E, então, de repente, ele viu-se, garoto, outra vez, no quintal de casa, à sombra das videiras, brincando com a irmã: também àquela época faltavam-lhe uns dentes, mas, ela, alheia às ciladas do futuro, sorria, sorria, aberta para a vida.

DOR FUTURA

E o que significa?
Não tem mais cura.

O carro seguia pela rodovia deserta perfurando a noite. O homem dirigia, atento, procurando, entre as sombras, a luz traseira dos veículos para ultrapassá-los. Mas, se tinha as mãos no volante, os pés nos pedais e os olhos cortando como tesoura o escuro, a mente ia noutra direção, e, ao contrário do carro, avançava devagar, parando e retrocedendo, metendo-se em vias erradas, talvez porque a movesse um segredo que ele ocultava da mulher. Ela ia no banco ao lado, e, pelo clarão do luar, podia vê-la, de viés, o rosto compassivo, tão feliz pelo programa que haviam feito com os filhos, o jantar numa pizzaria da cidade vizinha, bem maior que o povoado onde viviam. A mulher nem imaginava que, dias antes, ele sentira umas dores novas, procurara o médico e recebera, nessa manhã, o resultado dos exames. E, então, o edifício de seus sonhos – e também o dela – desabara antes mesmo de ser erguido totalmente. No banco de trás, quietas, iam as crianças; o menino observava as estrelas se movendo ilusoriamente no céu; a menina, o queixo apoiado no banco da mãe, quase a sussurrar-lhe ao ouvido.

Tem algum tratamento?

Só para aliviar os efeitos.

O homem olhava a estrada tingida de escuridão e pensava nos filhos. Tinha-os à mão e, no entanto, sentia-se a anos-luz deles. Ainda há pouco, sorriam à mesa diante de seus olhos, um provocando o outro, empenhando-se em romper a paz familiar, sem saber o quanto era penoso mantê-la. Queria ensinar-lhes o que sabia, embora tivesse muito a aprender e já não lhe restasse tempo. Queria vê-los se arvorarem, tecendo seus ideais; mas, com aquela notícia inesperada, eles é que haveriam de assisti-lo minguar, como a lua no céu. Antes de os dois nascerem, o homem se via dono de um jardim, a ignorar quem cuidava de suas flores. Quando veio a menina, descobriu que o jardim, a partir de então, a ela pertencia, e ele se tornara o jardineiro, certeza que se confirmou com a chegada do menino. Agora, vinha o mal para devastá-lo e deixar o jardim exposto ao mato, às mãos finas dos filhos. Teriam de aprender com os espinhos, com as formigas, capazes de consumir todo o verde sem ninguém notar senão quando o paraíso já estivesse perdido. De relance, mirou pelo retrovisor e viu o rosto sereno da menina, contemplando a estrada envolta no negro da noite. Ajeitou o espelho para localizar, também, a silhueta do menino fascinado com o céu que transbordava estrelas.

Quanto tempo?

Oito meses. Talvez um ano.

Pensou na mulher. Dez anos juntos. Poderia ter sido outra, dentre aquelas que desejara, a quem entregaria seu verdadeiro eu, mas fora a ela que se dera. Estavam aglutinados como dois rios, os sonhos entrelaçados de tal forma, como galhos, que se assemelhavam a uma maranha impossível de ser desfiada. E, no entanto, em breve o seriam.

Como se captasse uma ameaça na aparente calmaria dele, a mulher estendeu a mão e pousou em sua nuca, a ponta dos dedos a acariciar seu couro e os cabelos revoltos, ao vento. O homem estremeceu, mas deixou-se tocar, entregue. Era a forma de ela agradecer-lhe por retirar, àquela noite, de suas mãos as panelas, e de seus olhos a televisão. Ele sentiu o vigor da vida naqueles dedos justamente quando em si a vida começava a se despedir. E, como se precisasse de um disfarce para pedir-lhe que parasse, não porque rejeitasse suas carícias, mas por ser insuportável a certeza de que não mais as teria, ele pegou, de súbito, o lenço do bolso e o passou pelo rosto suado.

E os cabelos?

Vão cair.

Viu umas luzes vermelhas adiante e um ônibus subindo o longo aclive. Ultrapassou-o com dificuldade, forçando o motor, enquanto pensava nas rotações de sua própria vida.

À direita, erguia-se o vulto da pedreira separando as duas cidades, a que haviam ido e aquela onde moravam; à esquerda, espichava-se a pista contrária, em derramado negrume: quem vinha por ela descia a toda a velocidade, aproveitando a inclinação do terreno; mas, para quem subia, era o ponto mais difícil da jornada. Desconfiada de que ele mergulhava em aborrecimentos, enquanto ela e os filhos vazavam satisfação, a mulher sugeriu que cantassem, como às vezes faziam. As crianças reclamaram, na barriga lhes pesava a pizza e o refrigerante, nos olhos já se insinuavam uns vultos do sono, mas a insistência da mãe os persuadiu.

E o trabalho?

Terá de se afastar já.

Começaram a cantar e, num instante, pegaram gosto. A mãe se juntou a eles, e o canto ganhou em graça e vivacidade. O homem abriu o vidro, era sufocante sorver tanta alegria, a vida parecia vir, em golfadas, e não voltar ao vazio inicial. Reuniu todas as suas forças, convicto de que, se a música não poderia fazer o milagre de curá-lo, ao menos, entregando-se a ela, por um instante impediria o avanço do mal. Viu então as luzes traseiras de um carro e se acercou dele na curva. Dali não podia saber se vinha alguém na outra pista, era uma ultrapassagem arriscada. Girou abruptamente a direção, pronto para embicar, e acelerou. A mulher alertou-o para a imprudência, mas ele não lhe deu ouvidos. As crianças continuaram cantando, com mais ênfase, excitadas pela alta velocidade.

O homem desejou, visceralmente, que surgisse um caminhão, no sentido contrário, e então a família empreenderia com ele outra viagem. Mas a estrada estava livre, o asfalto enluarado tremeluzia lá adiante. E, ouvindo-os cantar, percebeu que aquela felicidade também era, e sempre fora, parte da dor maior que viria.

UM ANO A MENOS

Então era o dia. Não o da véspera, nem o depois. Mas o dia próprio, da festa. E ele, que a planejara, detalhe a detalhe, agora estava ali, à porta de casa, a receber os primeiros convidados: um casal de amigos que não via há alguns anos. Nem lhe parecia que chegara a hora – a hora, ela mesma, nunca é igual à imaginada –, tudo respeitava a naturalidade do encontro: as boas-vindas, os abraços, os beijos, *Há quanto tempo, hein?; Pois é!; Acharam fácil o caminho?; Achamos!; Que bom!, Entrem!; Chegamos cedo demais?; Não, chegaram no horário!* E, nada, nem mesmo o sorriso dele, a revelar a sua felicidade, mostrava-se além do que era. A vida também ali seguia, na sua medida, sem aumentos. Por isso, era um bom começo, *Vamos, venham*, ele ia à frente, meio sem jeito, conduzindo-os à sala, onde a mulher e os filhos os esperavam, e, então, já voltava à varanda para receber outros convidados, experimentando um sentimento misto, de satisfação e receio: inexperiente em dar festas, temia não ser um bom anfitrião, embora, no fundo, não se importasse tanto. Queria apenas aproveitar a oportunidade para juntar ao seu redor umas pessoas queridas, uni-las numa hora macia – para separá-las havia motivos demais, o trabalho de cada uma, e, principalmente, as urgências cotidianas com seus mil tentáculos.

E, assim, lá estava ele, de novo à porta, e agora era o irmão que chegava com as crianças – o menino poderia ser seu filho, de tanto que se assemelhavam, no rosto os mesmos traços e, escondida, a mesma timidez; a menina, abrindo um sorriso de sol, entregou-lhe a caixa de presente, e seus olhos, curiosos, pediam, *Abre, tio!* Ele inclinou-se, disse *Obrigado*, e a beijou, *Nem precisava, querida...* Pelo formato da caixa, podia adivinhar que era uma camisa, sabia que fora a cunhada quem a comprara, e, ainda que conhecesse de antemão a resposta, perguntou, *Por que sua mãe não veio?*, ao que a menina respondeu, *Ela está com dor de cabeça, não é, pai?* O homem, constrangido, meneou a cabeça em sinal afirmativo, mas o anfitrião fez que não viu e disse, *Espero que ela melhore*, e, emendou, *Venham, a festa já começou!*

Os sobrinhos se juntaram na sala com os primos, não tardou para que se ouvissem deles as primeiras risadas, e, logo, se desgarraram dos adultos, indo a outro canto da casa, a viver o que a festa lhes permitia naquela idade, e ali só voltariam mais tarde para comer o bolo e os brigadeiros.

O aniversariante se sentou ao lado da mulher, ambos nas cadeiras da mesa de jantar deslocadas para a sala de estar; o sofá e as poltronas, mais confortáveis, eram para os convidados, e, como não podia deixar de ser nessas ocasiões em que o espírito se afasta das seriedades, abria-se entre eles, facilmente, uma conversa leve. Todos ali se conheciam, e, já que haviam passado tanto tempo sem se ver, bastava que esse ou aquele apanhasse o punhado de palavras que melhor lhe servia e resumisse com elas, para os demais, as suas novidades. E nem bem o casal de amigos começou a contar que haviam comprado uma casa no litoral sul, *Na praia da Baleia, você sabe onde é?*; *É perto da Barra do Sahi?*; *Sim, é lá mesmo*, eis que a campainha soou, e o aniversariante pediu licença, *Um minutinho, eu já volto*, e assim seria por mais de uma hora, ele flutuando aqui e ali em meio a fragmentos de diálogos, até que o último convidado enfim chegasse – e foi só aí que ele pôde então se entregar, de fato, à alegria de ficar, uma taça de vinho na mão, entre aqueles que tinham vindo à sua casa.

Mas, se lá estavam reunidos em seu nome, não havia como galvanizar plenamente o interesse de todos e, menos ainda, de uma só vez, uma festa era aquilo mesmo, um desdobrar-se em muitos, para dar alguns instantes de atenção a cada um, e o melhor – era isso o que apreciava na festa dos outros – é que os convidados, um amigo de infância e o vizinho, o antigo chefe e uma de suas primas, aos poucos, iam se misturando sem que fosse preciso qualquer esforço. A bebida destravava a língua desse, aquele contava um episódio divertido, o clima inicial de introversão se desfazia e, assim, a vida que seria vivida ali, naquela noite, ganhava seus contornos definitivos.

E, como só podia mesmo dar retalhos de sua presença a cada um, o aniversariante se sentou ao lado do casal de amigos que chegara primeiro. Queria saber mais sobre a casa de praia, *Não é muito grande, mas está em bom estado; Precisa de uma pintura, e temos de trocar uns encanamentos; Vamos ajeitando sem pressa; Sim, pra que pressa?, Melhor ir fazendo devagarzinho; Quando estiver pronta, vocês poderiam ir com as crianças!, Estejam desde já convidados; Fico muito grato, elas adoram o mar; E a praia lá tem pouca onda, parece uma piscina...* A sala transbordava de gente, as conversas se entrecruzavam pelos cantos como fios num tear, e o burburinho subia. Sua mulher e um garçom contratado para a ocasião serviam bandejas de salgados, completavam os copos com vinho e cerveja, tudo na lei da calmaria, o lado suave dos encontros.

O aniversariante notou uns convidados em pé, pediu licença ao casal e foi buscar uns bancos na cozinha, *Pronto, sentem-se aqui!; Não precisa, não, estamos bem!; Deixem de cerimônia...,* e, assim, ele dividia sua atenção entre falar umas miudezas com os mais próximos e zelar pelo bem-estar de todos, de olho se estavam à vontade, lambiscando e bebendo. Mesmo o vizinho, sempre calado, como se descobrisse a magia da fala, fazia perguntas aos desconhecidos, respondia longamente quando lhe interrogavam, sorria para o garçom e para as crianças que, por vezes, passavam dali às carreiras.

A festa se alastrava por outras partes da casa: um convidado ia ao banheiro, *Segunda porta à esquerda*; outro procurava o quintal para fumar e, lá, encontrava mais dois ou três, unia-se a eles, para fazer um comentário, *Que noite linda!*, adicionar sua opinião ao assunto que discutiam, *Também acho, você tem razão!*; uma pequena roda aqui, outra ali – e a lua no céu, longe, espreitando seus vultos, indistinguíveis a distância, mas em trégua consigo mesmos.

Uma euforia, ainda que contida, se insinuava; as palavras, circulando entre as pessoas, saíam já sem enfeites, sujas de espontaneidade, e, porque todos gozavam ali de certa satisfação, alguém, querendo ampliá-la, perguntou se não havia entre eles um cantor – umas músicas, ninguém haveria de discordar, seriam tão apreciadas quanto as iguarias que a mulher servia. O aniversariante não havia pensado nesse detalhe, podia ter escolhido uns CDs e programado uma seleção de canções da MPB, mas uma festa era isso: fazia-se por si, conforme a índole de quem nela estivesse. E essa era a mola da alegria, que o mundo seguisse para onde os pés o levassem. Umas desculpas pipocaram de lá e de cá, *Sou uma negação pra música; Nasci desafinado; E eu? eu nunca toquei um instrumento!; Não existe voz mais estridente que a minha*, mas, em meio a elas, veio, quase que desacreditada, uma certeza, e tão certeza era que o aniversariante até se esquecera – a prima cantava tão bem, escondida na sua modéstia, durante meses fizera aulas de violão, *Por que não?* Ela hesitou um instante, *Mas eu...*, sabia tocar o mínimo, e não para plateia, só para si mesma, no seu cantinho, mas todos a olhavam forte, com tal esperança, que seria triste despontá-los, e, então, ela disse, *Tudo bem*, e acrescentou, *Por sorte, o violão está no carro, vou buscar!*, e, no ato, ganhou os primeiros aplausos.

Logo, ela estava de volta, e cantava bonito, no seu melhor, como se não se exibisse, só se bastava, e pouco a pouco, não havia nada mais poderoso na sala do que o som a nascer dela, até a atenção do silêncio ele pedia, tanto que o alarido das rodas se calou e os convidados dispersos pela casa vieram assisti-la, imantados pela sua voz – o tempo sendo a música em cada um ali. Tudo o mais permaneceu no seu só, as bandejas de salgado na cozinha, os quartos no escuro, o quintal com a lua, o mundo lá dentro, ao redor da cantora, e nela a vida se apresentava mais à vista, para ser lembrada, com força, pela sua delicadeza, os olhos fechados, a ponta dos dedos suaves nas cordas do violão, num cuidado maior, como o que se tem depois de tocarmos o corpo de quem amamos.

Vieram novos aplausos quando a prima terminou. Sobreveio uma pausa, e, em seguida, alguém pediu outra canção, *Vai minha tristeza/ E diz a ela que sem ela não pode ser/ Diz-lhe numa prece/ Que ela regresse/ Porque eu não posso mais sofrer*, e o que se ouviu não foi ainda um coro, mas uma voz aqui e outra ali a acompanhá-la, baixinho, o aniversariante também, no seu jeito – lábios mudos, desfiando a letra na memória, saudade de quem ele era e, naquele momento, deixava de ser...

E, então, sem que percebessem, aproveitou para ir à varanda. Lá, encontrou o irmão, em pé, junto ao portão, e, vendo-o quieto, perguntou, *Está tudo bem?*, e o irmão, *Está;* e ele, *Você não está bebendo nada?*, e o irmão apontou para um copo à sombra da amurada, e, como se conheciam, no mais fundo, ele perguntou, *O que foi, então?*, e o irmão, *Nada*, mas ele sabendo, o de sempre – mais uma briga com a cunhada. Tentou obter os pormenores para consolar o irmão, mas esse se manteve distante, talvez para poupá-lo, cada um com o que é seu, e em sua hora, fosse de regozijo, ou de contrariedade.

O antigo chefe apareceu à porta, fez um elogio à cantora, que seguia magnetizando a pequena plateia, viera ali pegar um ar, o vaivém normal da festa – convidados em movimento, numa escrita intraduzível pelo chão da casa –, e, estando perto do aniversariante, ambos foram atualizando a sua história, um para o outro, *O que você tem feito?*, *E a família?*, *E o sócio?*, e, assim, como se falasse de coisas menores, e não de seu próprio destino, o antigo chefe contou que havia se divorciado, a mulher ficara com a guarda dos filhos, o sócio, com aquele jeito ingênuo, *Lembra?*, o sócio o enganara, tão comum a traição nos negócios, e agora ele estava em busca de emprego. O aniversariante tentou consolá-lo, a vida cíclica, os bons tempos voltariam, que ele tivesse paciência...

Depois, voltou à sala. Viu um amigo de taça vazia e acorreu para servi-lo de vinho. Conversaram sobre o momento ali, o contexto, a gente boa a se reunir por ele, no esquecimento das maldades. Mas, de repente, o amigo se lembrou de uma, de sua própria lavra, e a contou, em minúcias. Nem percebeu que não era hora, estavam todos lá para celebrar, não para maldizer.

De outro amigo, o aniversariante ouviu uma injúria sobre um conhecido deles, e, para disfarçar, perguntou, *Seu pai andava doente, ele melhorou?*, o amigo respondeu, *Não, está nas últimas.*

A festa turvava, mas só para ele, que ia descobrindo, aos poucos, nos convidados – o irmão, o antigo chefe, os amigos – as suas desalegrias. Nos demais elas também estavam lá, provisoriamente quietas, esperando a hora de rugir outra vez. Foi à cozinha, onde a mulher colocava mais salgados no forno para esquentar. *Está tudo sob controle, querido!*, ela sorriu, *Venha, vamos pra sala*, mas ele disse, *Antes vou ver as crianças no quintal, se está tudo bem com elas...* E foi. A casa, às suas costas, flutuava, como um barco. Ouviu o som de um copo se espatifar, enquanto contemplava a lua remota. A noite escura, escura. E, ainda assim, ele pensava, era bom estar lá, com aquela (sua) gente.

DIAS RAROS

E vinham as férias. O menino tanto as esperou que, ao chegarem, ele nem mais surpreso, a longa demora o levara a um estado de esquecimento, como se perdesse a aptidão para desfrutá-las. Porque naquele então, os dias quase não se moviam. Era o tempo sem pressa da infância, e o menino feliz como se à beira de um rio, para nadar.

Não que desgostasse da escola; as férias lhe traziam outros saberes, e ele queria prová-los. Mas, de repente, no primeiro dia delas, nem bem se vira livre, entregue às horas sem deveres, eis que o pai vinha com a novidade, *Você vai passar uns dias com a sua avó*. E não era a avó de sempre, mãe da mãe, que morava ali, na mesma rua, mas a outra, a avó de visita, mãe do pai, que vivia na cidadezinha, tão distante, de quase nunca a ver, frente a frente, nem na memória. O menino deslembrava. Nutria afeição pela avó, sim, mas só a resgatava pelos sentidos, e os sentidos enevoados pela confusão do momento. O menino, raso com as coisas, ainda não as manejava direito no entendimento.

A mãe fez a mala, cantarolando, nada lhe parecia anormal, ao passo que o menino se repartia entre assimilar a ordem dada e a sua vontade própria, recordando-se das muitas vezes em que ouvira em casa, *Criança gosta de criança*, e, em atitude contrária, os pais o enviavam para longe, só ele e a avó, no outro extremo de sua idade. Por quê? Incompreendia o motivo, o mundo não, o sempre sim imposto pelos maiores. Amuou-se, sofrendo seu ser frágil, até a noite cair, leve lá fora, pesada sobre ele. O menino nem partira e já amplo de tristezas.

Lá se foi, com o pai. E a viagem se deu na certeza, no comum, na regularidade. O tempo se alargou como um elástico e, então, chegaram. O verão reinava, uma claridade vívida envolvia a cidadezinha, e o menino dentro de si, escondido num canto dele mesmo, as mãos segurando forte o boneco e o trenzinho, o consolo para seus dias de exílio.

À porta da casa, a avó os esperava, atrás dos óculos, a cabeleira grisalha, *Entrem, entrem, fizeram boa viagem?* Beijos e abraços ligeiros, não eram de muitos agrados, só olhares ternos, e os três já na cozinha, o aroma do arroz refogado, e, superando-o, o do feijão com louro, a carne a frigir na panela, o suco de tangerina sobre a mesa, o preferido do menino. E ele admirado, a avó se lembrava de seu gosto; mas, em vez de se alegrar, aborrecia-se mais, era impossível agradá-lo, haviam-no arrancado de seu mundo – pequenino, quando nele; e, agora, imenso, pela saudade.

Sentaram-se à mesa, as palavras iam e voltavam entre o pai e a avó, como as travessas que um passava ao outro, e o menino sem fala, arredio, querendo saciar sua fome de si, de suas estripulias. De seu território, soberano, só possuía o boneco e o trenzinho. E continuava nele, atrasando-se em aceitar o aqui, todo fiel ao lá. Os dois não se esforçaram para incluí-lo na conversa, mas se revezaram em perguntar, *Quer mais arroz?*, *Não gostou da couve?*, *Está chateado?*, ao que ele respondeu, *Não, Sim, Não*.

O pai foi tirar um cochilo no sofá, a avó na cozinha com a louça. O menino debruçou-se à janela; além do vidro o jardinzinho, a rua vazia, o ar raro – era apenas o começo da solidão. Uma sílaba, a primeira, de seu martírio. Permaneceu ali, apartado de tudo, a alma encolhida, à espera da piora.

Não demorou, o pai se ergueu, disse, *Daqui uma semana volto pra te buscar*, e o abraçou. O menino pousava sólido, mas era todo líquido, quase se derramando. Não, não ia chorar. Despedira-se, digno, da mãe, com quem podia fraquejar, ainda em seu espaço, e, nesse outro, estrangeiro, tinha de se conter perante o pai.

Deu-se, enfim, a hora dele e da avó. Ia começar a eternidade. Ela, ciente de seus sentimentos, não o mirava com imensidão, mas miudamente, disfarçando, como se não visse o seu desencanto. E, já que o menino não escolhera estar ali, ela quis lhe oferecer outras alternativas, a cor da toalha de banho, *Azul ou verde?*, a cama onde dormiria, *A de solteiro ou a de casal, comigo?*, o lanche da tarde, *Pipoca ou cachorro-quente?*, e o neto nas suas preferências, menos triste, mas ainda remoto. Decidiu deixá-lo em seus silêncios. *Estou lá no quintal*, ela disse, e saiu pela porta da cozinha.

O menino com os brinquedos entre as mãos, solitário. Observou a luz da tarde se espichando pelo corredor e foi em sua direção. Nunca viera àquela casa depois de crescido, a avó é quem ia de visita, sempre, à capital. Por isso, espantou-se com as árvores e suas sombras tremulando no chão de terra. O interesse reacendeu o menino, uma fagulha que podia se apagar, e vendo-a no rosto dele, a avó perguntou, *Gostou da jabuticabeira?*, e o atiçou, *Venha, venha experimentar no pé, é uma delícia*, e ele foi, disposto a resistir à paz que ela lhe propunha. Continuava aborrecido, mas a intolerância já não operava em máxima rotação e quase cessou, quando ele chupou o caldinho das primeiras jabuticabas, tão doces as pequenas, tão tentadoras as graúdas...

Dali, misturado à galharia, viu a avó a cavoucar um canteiro, de onde brotavam tufos de ervas, de diversas tonalidades, como se fossem a pele da terra, e aquele arranjo colorido o atraía. Foi até ela assuntar:

já não era só menino-respostas, mas também menino-perguntas. *O que é isso?*, murmurou, e a avó, *Uma horta, querido*, e ele, *O que a senhora tá fazendo?*, e ela, *Afofando a terra*, e ele, *É tudo alface?*, e ela, sorrindo, *Não*, e apontou as folhas lisas, verdeclarinhas, os maços crespos, verdescuros, e seus nomes, *Acelga, almeirão, escarola*. Ali, mais ao rés do muro, *Veja*, as plantas de tempero... E estendendo para ele um galhinho que apanhara, a avó disse, *Cheira*. Ele cheirou. E era a hortelã. Ela pegou outro, distinto, e o deu ao menino, que sorveu seu aroma. E era o alecrim. E depois era o manjericão. E a avó o instigou a tocar a folhagem das verduras, a sentir a aspereza de umas, a finura de outras, a morder os ramos de erva-doce, de salsa, de cebolinha. De repente, o pesar dele se enfiava no canteiro, e lhe saía das mãos, ao tocar as plantinhas, uma semente de alegria, tênue, tênue, como o instante que perpassava os dois, enquanto espessos eram os torrões de terra se infiltrando sob suas unhas. Demorou a perceber que a avó pedia ajuda para levantar-se e nele se amparou até a porta da cozinha, *Estou meio fraca*, disse, e, às apalpadelas, chegou à pia, onde lavou as mãos e o rosto. *É a idade*, sorriu, sentando-se, e o menino só olhos, não sabia ainda ir à raiz dos eventos, só via o que saía deles, o tronco, os galhos, as folhas, mas não o que lhes dava sustento, o que ocultamente produziam antes, em silêncio.

Depois, seguiram para a sala, ele a fazer desenhos num papel, ainda se estranhando ali, menos contrariado pela experiência no quintal; ela a ver uma revista, um olho nas páginas já muito manuseadas, outro na página viva à sua frente – parte de sua própria escrita. Entardeceu. A avó foi cuidar da casa, o menino só, outra vez. E veio o banho quente, o ruído das cigarras, o jantar, os vultos nas casas vizinhas, o coração espremido de novo, a saudade dos pais que o submetiam àquela provação.

Diante da TV, a angústia vazou e ele pediu, baixinho, *Posso ligar em casa?* Podia, *Como não?* A mãe perguntou se estava tudo bem; fingiu felicidade, não queria dolorir a avó, e era felicidade justa quando falou da horta, do quintal, *As jabuticabas, tão docinhas, mamãe...* Mas, em seguida, veio a ordem,

Passe o telefone pra vovó, e ele de volta à sua resignação, sem mais ninguém. Sobreveio o sono. Abraçado ao boneco e ao trenzinho, adormeceu, em sobressaltos, escutando o relógio de pêndulo na sala, uma confusão de imagens, tanto escuro naquele dia, só o canteiro de ervas em luz.

Ao amanhecer, viu-se atrás da avó, para lá e para cá, sem notar que era tudo o que ela desejava e, no fundo, um jeito de ele mesmo desentristecer. Acompanhou-a ao mercado e, no caminho, vieram umas perguntas que ele foi respondendo. De súbito, já narrava a ela umas coisas de sua vida, os amigos da escola, a professora, *Já sei contar até cem,* os jogos de futebol, a coleção de *cards, Tá faltando só dez,* e, tanto ela o incentivava e o ouvia com atenção, que sentiu gosto em dizer o que dizia, e, dizendo-o, se tornava alado, novamente menino. Na volta, carregando as sacolas, pisava com satisfação o sol entre as sombras da calçada, mirava a copa das árvores, o céu de azul lindo, sem entender direito a calma que o dominava. E a avó, devagarinho, vendo-o à sua frente, ultrapassava-se em alegria, e a maior delas ali, o momento-já a apanhar os dois na rua, o bonito de descobrir que o fruto se produzia em qualquer lugar, *Me espere, não vai tão depressa,* ela pediu, e ele, atendendo, *Tá bom, eu te espero...*

Em casa, a avó ao fogão. O menino no quintal: tirou os sapatos, os pés na terra, humilde. Trepou na mangueira, ficou em seus galhos, empoleirado, sorvendo o frescor do vento à sombra. Nem vivia mais nele as querências de ontem. Assustou-se com os passarinhos; vinham agilmente, cortavam os espaços, coloriam o ar, pousavam, a cabecinha gira-girando. E seus voos, repentinos, a cantoria, todos no tranquilo, o menino inclusive, sãos e simples. Depois, quando a avó veio ao canteiro colher alface, *Vou fazer uma salada,* ele correu até ela, *Deixa eu te ajudar, vó?* E gostou de mexer novamente na terra, seca na superfície, úmida lá dentro, onde era a verdadeira, onde pulsava seu coração granular.

E foi assim: aos poucos desabava o edifício de seu não querer, ele mesmo o demolia, ele e o amor da avó, que, ao varrer a cozinha, também ia se adaptando a amá-lo do seu jeito. Fizeram tantas coisas juntos que o dia se encompridou: assistiram a desenhos animados – o menino a explicar quem era quem, o Pica-pau, o Papa-léguas, o Piu-piu, *Olha lá, vó, aquele é o Frajola* – e jogaram dama, e comeram bolo de fubá, e riram, e silenciaram. Mais tarde, ela arrumou umas gavetas, *Vou dar essas roupas pro asilo*, e ele ao seu lado, folheando-a, em estudo, feito um livro. Não lhe doía mais estar ali.

Vieram os outros dias. E tudo se repetiu no variado da vida. O mais querido do menino era o quintal, o entre as árvores, os cuidados com a horta, e tão bom que a avó resolvera semear, ampliar uns canteiros, adubar as verduras. Num canto da sala, o boneco e o trenzinho, abandonados. Agora, o mundo não pedia sacrifícios ao menino, só o que ele podia dar. Descobria, de repente, a parte secreta de si, o leve do viver, e o mais leve era vivê-lo com alguém, falando de si e das coisas, para assim suportar tudo que sentia, *Vai demorar pra crescer os tomates, vó?, A senhora faz hoje batata frita pra mim? Os passarinhos estão bicando as laranjas!*

E dividiram outras tantas horas, que a semana se esgarçou, e, ao fim de uma manhã, tagarelando na varanda, o menino viu o pai avultar. Era o tempo de voltar. *Mas já?* Tudo ia tão rápido quando a felicidade vagava na gente...

Almoçaram. O pai se espichou no sofá, logo cochilava. A avó refez a mala do menino, ele à sua margem, sem entender a iminência do fim. A alma, num minuto, reaprendia a sofrer.

Perto do carro, recebeu o abraço da avó, e rápido se soltou. Não queria se entregar mais, apenas compreender o que acontecera. E, num clarão, compreendeu. Era aquilo. Sempre uma ida às coisas e sua sequente despedida. Na mesma hora que ganhava a vivência, nele ela se perdia. Sorte que vinha outra, a cicatrizar a alegria ou a abrir nova ferida, também logo substituída. E as pessoas nesse renovar-se, envelhecendo. As pessoas no meio, com suas raízes sujas de terra, cavoucando seus mistérios, bem-querendo-se, e juntas, acima das mal-queridas ausências. E todas, todas, o tempo inteiro, indo embora.

O verão ardia, espalhando a luminosidade tamanha. A tepidez da terra na lembrança. O carro se moveu, vagaroso, e o menino acenou para a avó, *Tchau, tchau...* Só não entendia por que, na tarde tão ensolarada, aquela garoa em seus olhos.

Este livro foi composto com as famílias tipográficas
ITC Giovanni Std para os textos e Forma DJR Banner para os títulos.
Impresso para a Tordesilhas Livros em 2022.